我从
这个世界
经过

石柱 著

上海文艺出版社

石柱　1965年生于河北保定,北京瑞德传媒创始人
　　　　曾结集出版诗集《心事》《我是屠夫的儿子》

序

诗，是人间的盐，也像是自戕的毒药，是情感的粉尘和颗粒，裹成胶囊，怀揣在心房，疼痛的时候，躲在墙角里，饮鸩止渴，失落的时候、离歌取暖。恍惚间，辛弃疾醉里挑灯看剑，苏东坡倚窗怀人：十年生死两茫茫……

年轻时，我爱诗也写诗。诗里仙界、诗外俗世，混作一团，不曾分辨。放纵性情，于是偏执夸张，近乎十三点，有些神经兮兮。公家企业混不下去了，只能下海，自己跟自己玩。一忙一生疏，诗就写不出来了，如自宫的东方不败，戒了过往，但爱诗之心永未泯灭。

6年前在北大三智书院结识了石柱，渐渐地越走越近，因为他写诗用字艳丽，浓墨重彩，瞬间坠入"一点飞鸿影下，青山绿水，白草红叶黄花"的水彩画里，从此关注。

今年，他辑录历年的存稿，出版第三本诗集《我从这个世界经过》，书名闪烁着亲历者的冷峻。书中的人与事影影绰绰，依稀仿佛，往往是彼此一起经历过的。冲动之余，一诺千金，写我不擅长的序言。

金先生

金先生/戴上墨镜/天色暗下来
金先生说/喝一壶黑茶/用黑夜煮……

  金先生不姓金,但名字里嵌着金,又是做金融的,在他的笔下如裹古巴糖粉似的成了金先生。因为金是一种颜色,有高冷的色调。诗里的陈柏金只剩下雕塑般的沉默与凝重:没有对话,只有色彩。写得好!满纸的黑,如黑泽明的浮世黑白,如高仓健的哑默深沉。大理石的暗缀以金的暗示,意境诡异,仿佛沉入灵泊之地。
  我们都选修赵林老师的西方哲学史,跟随先生游学欧罗巴,现场感受文化的源头。沿途的感慨,他用诗点墨抒发,却没有一点希腊博物馆的沉闷,全是活色生香的光亮。

阿伽门农的面具

王/不知不觉/一睡三千年/醒来方知/世界的破碎
亲爱的/我不能送你宫殿/只能送你废墟了
你不该/揭开我的黄金面具/让我露出万古的愁容

  透过冗长的历史隧道,我看到辉煌的废墟和诗人虞美人般的哀愁,却没有兵马俑坑道里的泥腥和尘土。这就是石柱,以诗的意境截屏荷马,赋予浓浓的美学意趣。

与丘吉尔对话

不用找熟人/我只需一支/罗密欧与朱丽叶/他就从画框出来/伸手拍我肩膀/这个傲慢的家伙/不谈麦克马洪线/钓鱼岛 琉球/克什米尔……

低眉顺目地问我/火柴呢 兄弟

最后两句,历史与现实重叠,称兄道弟捎着俏皮话,充满了市井烟火气,有戏谑,非戏弄。石柱的诗集就像晾杆上悬着一袋磨后的糯米脱水,涨得满满的,沉甸甸的都是历史食粮,幻灯片闪烁着历史暗黑。石柱脱不开历史的缠绕,却没有一点无病呻吟。谁赋予现代人的感慨,在你的面前呈现出神的音容笑貌。

佛头

如果佛头/能说话/他会告诉你/肉身是谁

苍生

辞掉了一份天堂的工作/又没往来的车/我只好在人间/安静地活下来……

叶子

我会给扫地人/一点点钱/然后/面露愧色/伸出干枝/递上/一盒火柴/麻烦她点燃/我身上/落下的所有叶子……

羊儿

我抚触柔软的脊背/为她的顺从感动/内心不自觉的杀戮/油然而生

我穿的羊毛/我剪的羊毛/都不是羊毛/而是屠杀给我的温暖

诗中,石柱握着烟斗,或若有所思地抽着雪茄,瞅着你,人文的浸染使他放不下内心的悲悯,因历史感而厚重,因情愫而高雅,因坦荡而不俗。他笔下真挚的亲情、友情、爱情令人动容!

时下,因网络而诗红,成为点缀高大上的垂帘水晶珠。在慢咖啡,时髦的、混搭的新人类捧着大开本,叉着猫步,袒胸露乳,脚跟靠着脚弯,纵情朗诵,给听众的错觉尽是排比句。书是背景,诗是侍女,成为撒娇一派。

石柱的诗,真性情,语句错落,随着音节或逻辑而分段,散文化的诗句,一样抑扬顿挫,"大珠小珠落玉盘",零落而有韵律,诗的节拍如天籁之声,似出水芙蓉。句子短促，分行好看，还有艳丽的辞藻，给诗披上若有若无的纱衣，衬托出美玉的纯净。"曾因酒醉鞭名马，生怕情多累美人"。我是个毒舌直男，爱，说不出口。石柱的诗里有更多的儿女情长，我相信更多的知性女性会喜欢，因为字里行间的幽咽会沁入你的心脾。

石柱的诗有男人的冷峻、坚硬，还有更多是男人的软弱，是灵与肉酿成的醇醪。诗不是简单的分行，不是押韵的排比句，不是绚彩的目录。他的诗，短句如匕；他的诗，是浪子情怀！

威廉·华兹华斯说：诗是一切知识的开始和终结，它同人心一样不朽，而诗人则是人性最坚定的支持者、保护者和维护者，他们所到之处都播下了人的情谊、感怀和爱。

李大伟

2020年12月31日

目录

佛头 26

苍生 27

叶 28

前世 29

羊儿 30

江上 33

西大街 34

女人节 36

吵架 37

生逢七月六日 38

与丘吉尔对话 42

诗情 43

咖啡馆 44

偶像 45

落寞 46

庞培古城 47

金先生 48

窥豹 49

照 50

怀念 51

飞　52

夜总会一期　53

我试图寻找与大海失联的人　54

美食　55

阿伽门农的面具　58

看电影　59

迷途　60

假日　61

怜悯　62

我不知是不是爱情　63

我说　64

简历　65

我爱岛上的神我修家乡的禅　66

我以为美国的乌鸦是白的　67

丁克尔斯比尔小镇　68

后人　69

河　70

鹿角门　71

我烧了巴黎圣母院　74

尼堡的故事　76

我纠结于此生此世的风景　77

庄园　78

提洛岛　79

想起我去过的几个城市　80

我突然想起了纪伯伦　84

玫瑰酒店　85

向往特里尔　86

愚人节　87

照片　90

与普希金对话　91

赫尔瓦岛　92

贝尔格莱德老街　93

我知道渡鸦是渡我的灵魂去大海　94

慌张的旅行　95

莫斯科郊外的晚上　96

夜宴　97

天堂游历者　98

杜布勒夫尼克的感想　99

拿波里行记　100

仰望宗教　102

柱　106

人间湖畔　107

塔兰托的鸟事儿　108

溶洞　109

盲从者　110

趣事　111

温泉之惑　112

在切斯特聊一场爱情　114

美死的圣托里尼　115

七月　116

伦敦眼　117

考古者　118

夜坐开罗米娜宫酒店　119

短诗十八首　122

夜色里的几个女人　126

二月 等了十四日　128

隔离　130

持烛者　131

对面　132

我在往日踏青　133

百度石柱　134

讲话　135

与兄书　138

背水泥的少妇　139

宽窄巷子　140

听日子　141

读书　142

短句　144

道歉　147

十笏园　148

三天　149

秋天就是一天 我不想收获什么　150

问鸟儿　154

苦禅　155

说雪　156

月亮让我分裂　157

痛　158

有机爱情　159

阅读　160

黑　162

人贩子　163

街头即景　164

喀什活畜合作社国际交易市场　165

丈二　166

今夜秀水街　167

假期　170

读　172

身份　173

告诫　174

摆渡人　175

寂寞的敦煌　176

咏叹　177

聊天　178

踏青　180

十八号院　181

艾提尕尔遐想　182

天下雄关 天下雌关　183

望中秋　186

见字如面　187

安全套　188

我会在老房子里住一生　189

小丑　190

前半生与后半生娓娓道来　191

蕾　192

第三者　193

丁村　194

喀什老城　195

浮生　196

有问　200

废墟　201

复活　202

什么雪　203

坟——给洛夫　204

在人间　206

选择　208

雷雨　209

幸福时光　210

三月的物象　211

对话　212

女巫　213

迷恋　216

有悔　218

黑白的照片　219

诗歌是我的必需品　220

游记　221

天门　222

职业诗人　227

恐惧　228

你好 之华　229

中国病人　232

有一回　235

为什么我们每次相遇都在床上　236

良宵　238

沙尘　239

悲观的先生　240

自由身　244

我老了也会哭泣　245

冬天里的闲话　248

恐惧的风景　250

小偷 老吴　251

小雪　252

柔软　253

语境　254

鸳鸯莲花纹金碗　255

白马寺　256

水粉夜　257

尊严　258

乱象　259

逝者　260

老门童　261

冬日　264

情人　266

平安　267

苏巴什佛寺　268

忘年　270

陪火车去了一趟南京　272

睡前诗　274

冰山上的来客　275

囚　276

电梯里　277

画扇　280

伤者　282

韩熙载夜宴　283

我喂养的紫色鸽子　284

目睹　285

文化课　286

行者漫记　288

剃度　289

错　290

冷　291

马踏飞燕　292

干净　293

感谢 上天不杀之恩　296

贵妇　297

三月　298

我从河内回来　299

开了一个评弹会　300

巷　301

节日的病　302

情书　303

棋　304

冬至　305

悼东京老刘　306

我雪夜奔不了的梁山　308

场面　309

水煮三国　312

有关愤怒的葡萄　314

学堂　315

不朽　316

痴　317

神祇　318

铁鞋　319

我们是动物　320

杂想　321

自恋　322

过巨蛋　323

一只鸟儿眼含春潮　324

算一算秋天的账　325

放空　328

回城　329

困局　330

吃饭　332

距离　333

闲　334

春天的举报者　335

霞浦滩涂记　336

可饮一杯无　337

万圣节　338

爱人　342

汤药　344

我青岛的兄弟胖了　345

换帖　346

元宵　347

过往　348

破镜　350

散场　351

爱过之后　352

画虎　353

回头　354

错觉　355

修　358

我的师父　359

夜市卖花的小姑娘　360

恩施土司楼　361

朋友　362

西域美食　363

别墅　364

再来一斗　365

天注定　366

太太　367

我遇到那么多乞丐　368

出走　369

一个人的草原　372

情人节　374

猎　375

体香　376

太冷　377

托木尔峡谷　378

刀　379

幸会　380

土墙　382

微信六章　383

无题　388

造化　389

六朝记　390

如果　392

过草地　393

信　394

局　395

广州夜宴　396

大隐　398

异客　399

礼物　402

儿子的生日　403

无题　404

相见　405

从河东回到河西　406

读春　407

夜墓　408

悼念　410

无题　411

咖啡　412

糖　413

我从这个世界经过　414

石柱
诗集

佛头

如果 佛头
能说话

他会告诉你
肉身是谁

苍生

辞掉了一份天堂的工作
又没往来的车
我只好在人间
安静地活下来……

落日的小镇
鹧鸟 乌鸦 蝙蝠
诗意地栖息
远方 有一矗白房子

白房子 存放亲人
睡觉前幸福的照片
照片覆盖的骨灰
是今生今世的齑粉

苍天 怜爱 蝼蚁 偷生
野花在死亡漫溯处复活
脚踝的小草如一支响箭
让我慰藉春天的掘墓人

叶

我会给扫地人

一点点钱

然后

面露愧色

伸出干枝

递上

一盒火柴

麻烦她点燃

我身上

落下的所有叶子……

前世

我会被生两次
一定死两次
这都无所谓
溺于秋水
或闪电砍头

点破玄机者
优先成佛
白骨露于野
矢车菊倾泻
我落得个阳具朝天

生一次 精子碰壁
死一回 化茧成蝶
我终生画皮
眉眼弯弯
像一个告白的戏子

此地 超度 甚好
青草牛粪 蜜蜂野花
我缤纷的欲望
你腐烂的羽毛
苍天在上 白云黑字

羊儿

一

我抚触柔软的脊背

为她的顺从 感动

内心 不自觉的杀戮

油然而生

二

我曾经吃草

一颗反刍的胃

一颗善良的心

进化源于欲望的物种

三

我穿的羊毛

我剪的羊毛

都不是羊毛

而是屠杀给我的温暖

四

短匕如诗

刺向爱情

茫茫归途

一堆堆磷火唱歌

五

每一爿小店

悬挂

永远吹不响的羊角

一颗颗骷髅 晶莹剔透

六

我见过

披着羊皮的人

啃羊骨长大的孩子

都变成了乖乖的羊儿

七

草原之鞭

抽打普世的生灵

每一株小草倒下

我心口疼痛

八

给我点光明

我收拾一下美丽的骸骨

免得让善良

卷土重来

江上

在江上
乘着上游的木头
打捞下游的柔藻
我始终低眉顺目
安慰缄默的灵魂
吃网里的小鱼
喝浑浊的水酒
阳性的巅峰高耸
插入阴性的云朵
风啃食幽幽青草
雨淋透神女鬼魅
飞鸟误入蝙蝠洞
诱出万道霞光
一条羊肠小径
通向绮丽的巫峡
仰望星空的悬棺
遁入迷离的残梦
偶尔 我爬上彼岸
闻闻骨头的野花香……

西大街

德彪西 见了我就说 "兄弟,有事说话"

一

寿衣店的老板
叫德彪西
两只小眼
笑眯眯 挤到一起

二

服装店的主人
叫马燕妮
她两只胖乳房
乐呵呵 堆在一起

三

眼镜店的经理
叫张老三
他的抬头纹
能藏住烧纸

四

洗头房的女子

叫颜如玉

她脸上的脂粉

一跺脚 渣掉了一地

五

老街坊的大厨

叫老黑猫

熏猪头肉

熏熟了自己

六

死了的三老婆

是个穷嫖客

留下的欠条

"今欠磨损费三百元"

七

德彪西洗了个头

颜如玉试了麻衣

马燕妮配了花镜

张老三打了飞机

八

老黑猫喝醉了

拉上三老婆

去德彪西的寿衣店

听莫扎特的安魂曲……

女人节

一个女人
叠纸鸢
一千只
放飞一次

雨天
她在屋里放
雪天
她在炉里放……

吵架

净土 不能轻易吵架
吵架 也是一曲梵歌
我最怕你喝酥油茶
喝得满口酒气熏天
哈达 缠绕我的脖子
从生赴死戴到天堂
你若代表僧俗群众
背后十万朵格桑花
可我有灵泊的圣殿
巍峨雪山洁白如牙
我咬碎坚硬的青稞
喂你黑又瘦的躯体
你立马冷峻的神风
悲悯青铜匍匐尘埃
亲爱的 今生同行
来世是信仰的冤家
去吧 拄着雕花手杖
转山 转水 转佛塔
藏獒守护衰败的家

生逢七月六日

一

当夜
我亲眼所见
父亲的白衣
盛开善良的莲花

二

幽香
沁透青色小院
灵魂的对话
清晰而遥远

三

淡定的月亮
苦泪潺潺
一遍遍擦拭
熟悉的胴体

四

漫漫的夏夜
我在古兰经里纳凉
陪伴你朗诵
天亮了 鱼肚灰

五

我真的要送你走
走不动了
我背你回家
到凄美的坟茔

六

我不是你
眼睛的继承者
红鸦摆渡
不见江湖

七

我从不后悔
错过的那场割礼
我以污浊之身
走出荡荡空门

八

我性情孤僻
你离群索居
对无情的世界
父子俩心生悲悯

九

我贴着
你疼痛的脸孔
倾听黄土深处
泉水的呼吸

十

八年了
老爸爸的破草帽
和头颅长在一起
摘不下来了……

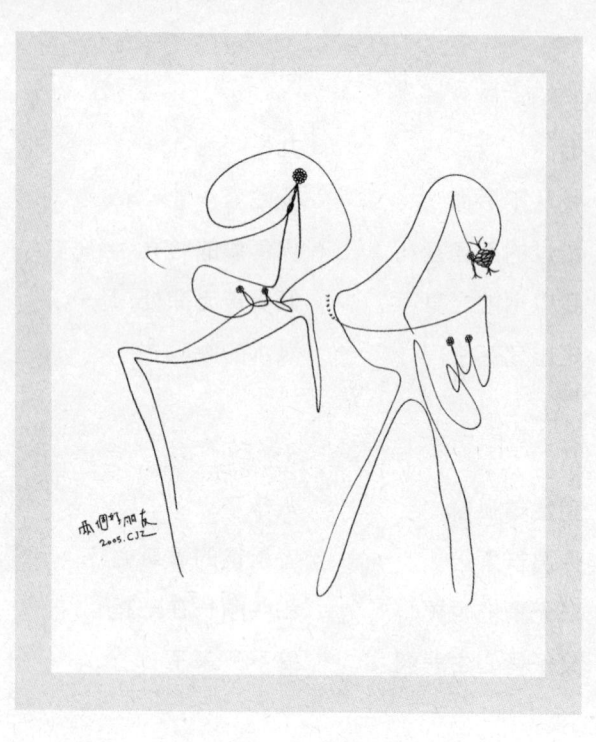

我从
这个世界
经过

与丘吉尔对话

不用找熟人
我只需一支
罗密欧与朱丽叶
他就从画框出来
伸手拍我肩膀
这个傲慢的家伙
不谈麦克马洪线
钓鱼岛 琉球
克什米尔……
低眉顺目地问我
火柴呢 兄弟

诗情

一

在撒哈拉沙漠
我立成一炷香
以佛教的方式
等待太阳自焚

二

一个个象形字
砌成了金字塔
我布道的陵寝
万劫不复

三

人与天对话
万物至上
王与神媾和
世界黯然

四

精美绝伦的石头
反射寒冷的光芒
我静听黄沙血流
读法老瞳孔里的残阳

五

时间惧怕
斯芬克斯的明眸
他销魂的笑容
藏着丝丝杀机

六

天堂 没有燧火
只求 清白之身 涂抹盐巴
让苦难更咸一点
千年万年不腐

咖啡馆

我不知抢我护照的人
是诗人赫尔曼·黑塞

坐在日内瓦湖畔的咖啡馆
一直把皮肤喝成咖啡色

我用两粒咖啡豆的眼珠
盯着姑娘偶尔露出的乳头

两粒咖啡豆
咖啡色无聊的天空

偶像

请了这位神
不许后悔
虽然 她是一个
披着画皮的女神

      她销魂的锁骨
      佩戴黑陨石
      纤纤玉手
      在我身体内
      肆意而妄为
      先在左心室
      潜入右心房
      从胃走到脾
      最后的一日
      竟然对我的隐私处
      指指点点

      我最不能忍受
      她焚香袅袅
      把我的肛门
      当做 庄严的山门

落寞

一枝枯荷

告诉我

花开过了……

庞培古城

距离

维苏威十里

距离

柏拉图十里

我听到

母狼的呻吟

热泉

煮沸了胴体

长老歌剧院

一具佝偻的石膏

无声地哭泣

我沿着花径

走到火山落日

爱情嵌入

粉红色的壁画

一只靴子

溢满欲水

另一只靴子

仓皇落地

男人

生于忧患

女人

死于清白

给自己取一个名字

拂尘

我却一直掸不尽

血液里的灰尘……

金先生

金先生
戴上墨镜
天色暗下来

金先生说
喝一壶黑茶
用黑夜煮……

窥豹

一

从人民公园
大树的黑洞

走到婚姻
偷窥自己

你挣扎
为一片片
纷飞的白纸
标上符号

二

给 一个个
独立的汉字
安上探头

让语言
不能随意
组成家庭

三

自由
是指纹锁

仅有
一把金钥匙

在死灵魂
手里

四

我不知眼睛
长了黄斑

大街上
每个人

穿着豹纹衬衫
款款而来……

照

孤独时
照照镜子

镜子里
读年龄的雪

雪中
遇到一只白狐

瞳孔的磷火
极光的绿焰

美得让我
此生郁郁寡欢……

怀念

2019年元旦
新事模糊
旧梦清淡
兄弟们
一起去
长青公墓
给你点烟
喝2000年
剩下的半瓶
祁州大曲

    你是我
    生命中
    第一个
    因飞翔
    而粉碎的朋友
    偶尔遇到
    一只乌鸦
    我会有一些
    与墓碑
    一样黑的感动

飞

雪

花

落天山

我的肩上

羽毛丰满

我想

飞

山峦

消逝

森林

隐去

我飞行

在

喜来登

白色的大床

白色的孤枕

泪水

泪水

我有一双翅膀

为了安慰天使

夜总会一期

同学一起聊长江

一期 三期 十五期

二十期班主任美女

拓展队的铁磁

纽约城的铜钟

纳斯达克的标志

华尔街摸亮的牛蛋……

我想起第一次

去天上人间找梁海玲

她的姐妹说读过

巴尔扎克的家 春 秋

骄傲令我的宝贝昂起头

我毕业于夜总会一期

相当于所有商学院硕士

我试图寻找与大海失联的人

对于大海

浅蓝是夏天深蓝是冬天

山峦是孤礁浪花是麦田

大海容纳风雨容纳孤独

容纳投奔容纳赴死容纳蹈海

消融木头消融钢铁消融白骨

大海与蓝天惺惺相惜

大海拥抱侠骨柔肠的爱人

大海从没有拒绝

精神不死的英雄

一叶孤帆拯救大海

大海热泪盈眶……

美食

屠狗的事
令人蔑视
即便有的做了将军

烤羊 炙鱼
从山峦到海洋
饲养自己 无可厚非
日月播种
麦子生长手心
余粮酿酒

      一日三餐
      我的仕途
      以青草的姿态
      匍匐于江湖
      膜拜帝王
      赐福 琅琅美食

      圣贤尚怕饥饿
      我是郁郁寡欢
      手无缚鸡之力的读书人

我从
这个世界
经过

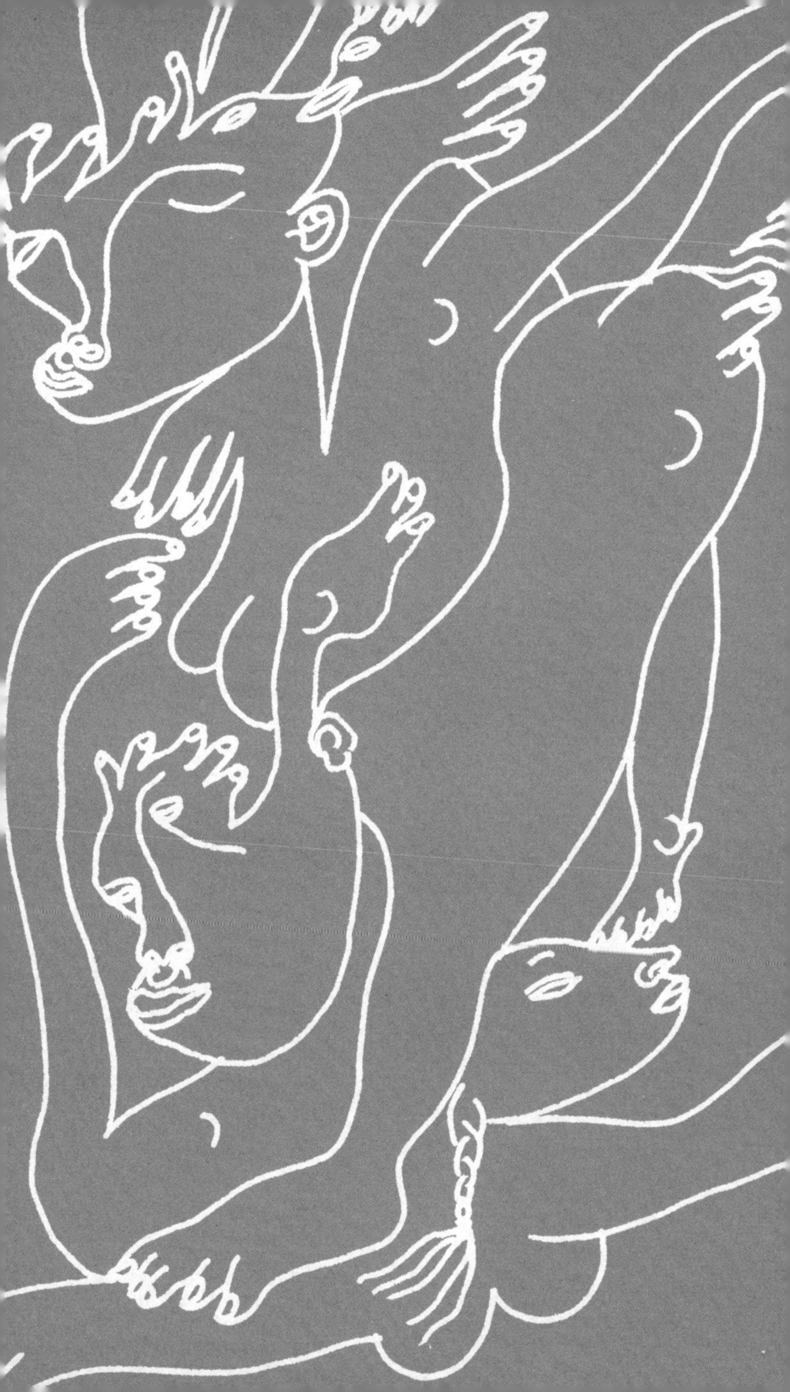

阿伽门农的面具

王
不知不觉
一睡三千年
醒来方知
世界的破碎

亲爱的
我不能送你宫殿
只能送你废墟了

你不该
揭开我的黄金面具
让我露出万古的愁容

看电影

我约老情人
看电影
她说
等把大孙子
喂饱了 二孙女
哄睡了
儿媳下了班
保姆遛完狗
不见不散……

                    我儿子突然电话
                    责问我
                    为什么嫌
                    女朋友的妈妈
                    个子矮
                    为什么不愿意
                    北京人去上海
                    我说
                    我在万达影城
                    准备和阿姨看一场
                    山河故人

迷途

我胸膛之大
足以挂满今夜的星月
但是 太累了
累得忘记宗教

我想做一尊肉体
在此叫卖灵魂
一克 二克 三克
二十一克 克拉

克拉是钻石的象征
和欲望一样 光芒万丈
我以物易物
婚戒 戴在爱人的断指

金十字 玉观音 铁像章
黑陨石是一块磁铁
一颗颗锈色的钉子
钉入我迷惘的眼球……

假日

雾凇 挂眉梢
一棵忘年之树
陪我走入
晨钟暮鼓

至夜
教堂关门时
你顺手
打开普世的月光

来者祈愿
逝者如斯
旧日子是一件
脱不掉的棉袄

乌鸦闭上嘴
我以乞讨的身份
路过家乡
所有的宗教……

怜悯

不想看 就闭上一只眼睛
一夜 心脏停跳
落得个清静
我听到了耳朵的幸福

菩提子 砸痛脚面
我串一串
隐忍的佛珠
走过暮光的荒芜

趁着怜悯我的人
还活着
我要善待我的悲情
筑寺 悬钟 烧 化缘的瓷器

白天种菜
飞鸟集 一畦畦诗
晚上 煮一锅坚硬的稀粥
喂夜空

我不知是不是爱情

我有这样一个女人
为了等我
终生未嫁
没有孩子
只在痛经时写
一封疼痛的信
她一直用棒针
编织老式的毛衣
暖和的秋天
我是哭泣的枫叶

我爱读《十月》
她早早地
在破旧的报刊亭
寻找消失的十月
我的儿子
是她的儿子
我的女儿
是她的女儿
她饲养孤独
一条京巴
一只小猫
她信佛
我信主
她说死了和我葬在一起
我说活着我们葬在一起

我说

我说金顶是镀的
我说佛光是画的
我说彩虹是臆想

我说门槛是捐的
我说大象是假的
我说寺庙是梦境

香火焚心
菩提树下坐了
几千年
喜鹊落在你的肩上……

简历

我本是
一张洁白的纸
打印的格子
关押了所有的身份
户籍证明
无犯罪记录
社区说
没有私生子和重婚
肉体说
没偷窥女人
灵魂说
曾经有过意淫

我填写了
历史和未来
一天的一生
活在恍惚之间
躺在天下
沉默寡言的月亮
像一枚印章
盖在衰老的脸庞
我幸福地睡去
明天 录过的指纹
永远留在湛蓝
或灰色的天上……

我爱岛上的神我修家乡的禅

盘膝时
想起家乡的庙
莫名的寂寞
随浪涌动
我是岛上
残存的雕像
美人
藏于悲情的白屋
祷告之后
大海
空无一物

蓝顶 咫尺
教堂 遥远
鹰隼 翱翔
鸥鸣 凄然
放浪形骸的翅膀
飞越 高山之巅
一千年
红袖拂尘
两千年
金簪开花
三千年
我重回人间……

我以为美国的乌鸦是白的

他们人的肤色白
泥土白 河流白 山峦白
最起码 乌鸦白

我失望地远离
枯枝上的乌鸦
她远隔千山万水
和我家乡的乌鸦
一模一样
包括耷拉的羽毛
老态龙钟的利爪
暗黄暗黑的眸子
盯住死亡一动不动……

仔细 瞧瞧
黄石的这只乌鸦是昏鸦
比我故乡的那只更落寞

丁克尔斯比尔小镇

白云起
青苹果唏哩哗啦
砸中臂弯

独木桥
米苔 点点
门 吱吱呀呀

镇长 饮秋风
白胡子颤抖
静候贵妇人

亲吻的一瞬
手杖长出绿叶
鹿角钻出头顶

后人

我一定确认自己
在文明之后出生
才肯说话
你满面灰浆
神色淡然地告诉我
埋葬庞培城的真相
从清晨的雾岚
到暮色炊烟
橄榄一直生长
石头沉默 白骨沉默
我踩着泥沼而来
携手禁忌的女人
飘飘欲仙的鹤影……

我来给破碎的山河
一片去处
给塌毁的宫殿
一间敞亮房子
最好的种子
在心底发芽
地中海
做温暖的汤釜
我煮熟美味的面条
端到岛上
几千年
我们一起活着
一起破碎
在庸碌的永远
打捞柠檬的月亮

河

尼罗河像一个苦行僧
从上埃及走到下埃及
金字塔是太阳的驿站
落日余晖不停地挥手
天河水流不动的时候
法老就挂着一棵小树
这片神神秘秘的绿洲
是诸神 弯腰的阴影……

鹿角门

我质问
杰克逊小镇的民警
鹿角筑门
背后的残忍

他说
是自然脱落
死亡之后
小心翼翼的采撷

再者
杀不杀一只鹿
是枪的事
与人无关……

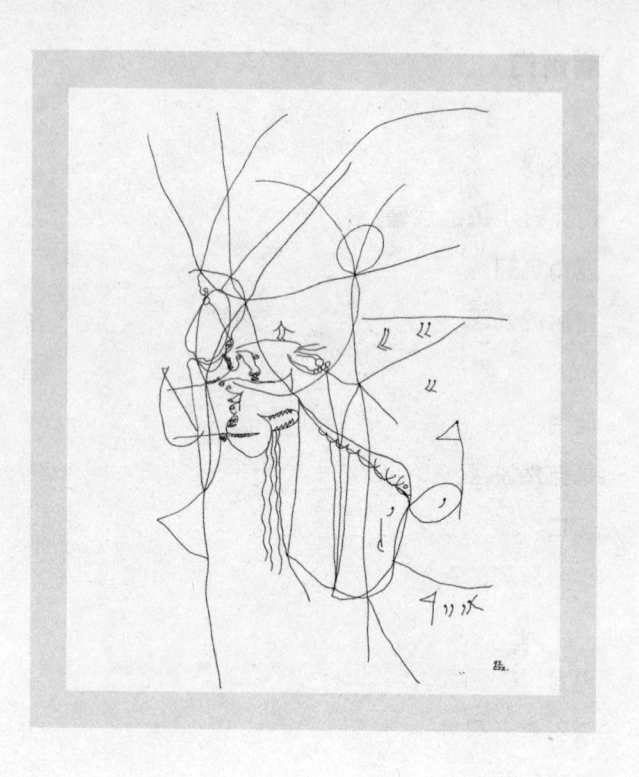

我从
这个世界
经过

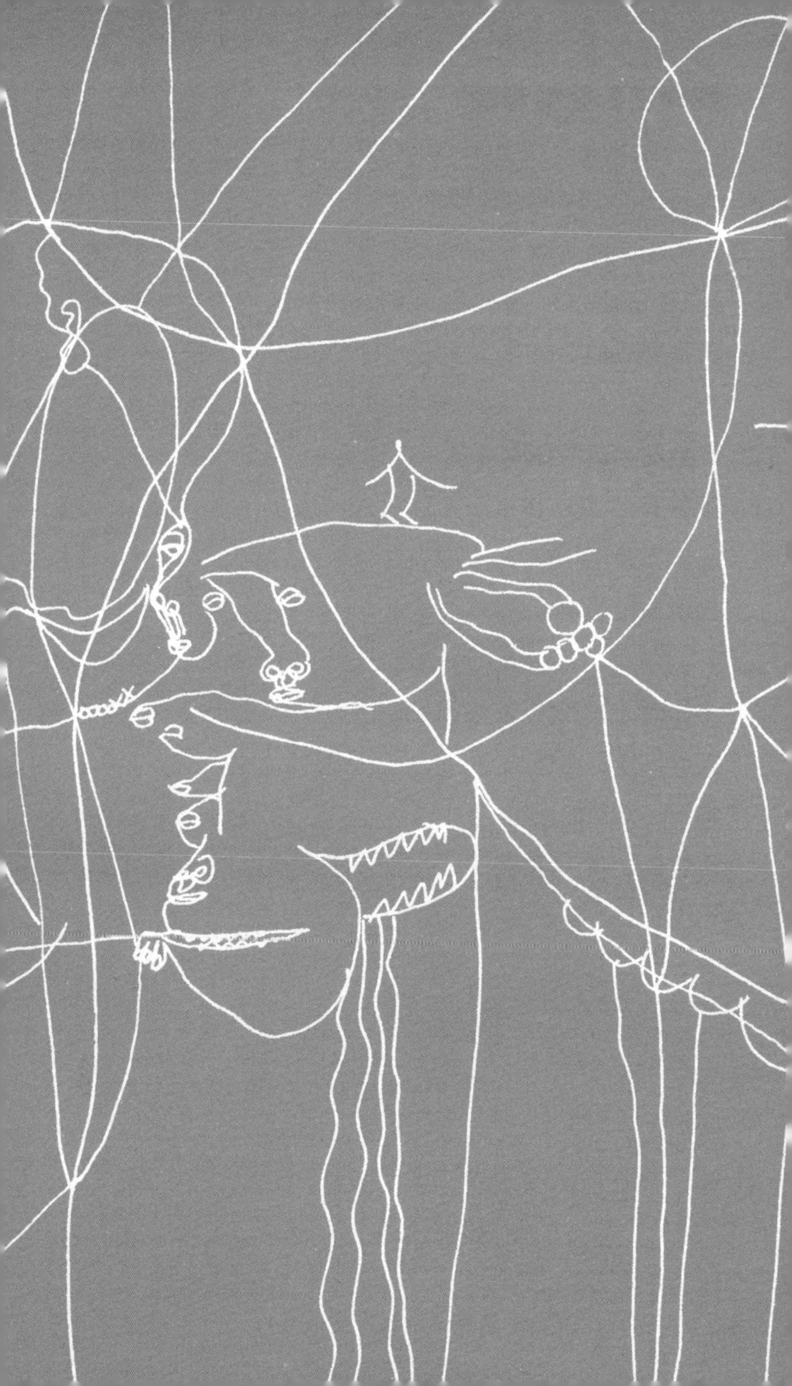

我烧了巴黎圣母院

我坦白 2014的半截雪茄
抛向马奈的草地
一直没有熄灭
火是罪恶的根源

我坐在遥远的钟声里
听孚罗诺 虔心祷告
乱云飞渡 塞纳河混沌
埃斯米拉达唱起情歌

左岸 肖邦的大心脏
乔治·桑的蓝色幽灵
喝一杯浓郁的咖啡
初夏夜之梦 星星点灯

隔着欲望之水观火

花窗的眸子美妙闪烁

天堂口 人来人往

一束束万类的慧光

一场烈焰缘于火刑

宗教的冷漠点燃无情

为了维克多·雨果的复活

我烧了巴黎圣母院

尼堡的故事

钓到一条大鱼
竹篓盛不下它
尾 用力地抽打
卑琐的身体
波罗的海的寒风
吹着沧海的脸
狂跳的心脏
像断了缆的船

我从未料理

游弋的生灵

为了最后的晚餐

诱惑深蓝的眼

暗红的酒

醒在玻璃器皿

淡黄的尿

睡在膀胱

一支C0HLBA

慢燃香火

海平面上

一座忏悔的寺庙

枯坐如灯……

我纠结于此生此世的风景

我发现
牛
身上的花斑
恰是我
流浪的版图

她低眉吃草
享受绿野
生灵 深知
太阳的牧童
月亮的女儿

此时
我路过此生风景
花开向上 惊悚入云
巨大的磁场
沉重的芬芳

晦暗 阴郁
墨色的云
凄风苦雨中
我寻找 家的安详
冷峻走到温暖

上苍 呵
给我一片荒地
我将种植白骨
在山峦与湖泊之间
建一座 理想的教堂

庄园

白天鹅

让黑夜之墨

染成

黑天鹅

青萍之末

莎翁头枕

十四行诗

庄园幽幽

古堡冥冥

丘吉尔口含

罗密欧与朱丽叶

雪茄

用转盘枪

扫射历史

伤痕累累的绿树

掩埋青山……

提洛岛

旷野
废墟生长
女人的断臂
挽着残阳

时光 杀尽了亲人
提洛岛
每一块石头
都是破碎的神

野猫九命
水是不竭之源
一抹红霞
涂染 亘古宫殿……

想起我去过的几个城市

一 罗马

建罗马城

用了三天

宫廷 温泉 斗兽场

三天建成

凯撒 屋大维 安东尼

三天长大

斯巴达克斯

从出生到死亡

只活了三天

三天之中

洗澡 嫖妓 娈童的人

骑着骏马来了

条条大路

通罗马

二　庞培古城

母狼的嗥叫

嘶呖绝望

一个丰满的女子

遍满伤心的乳房……

维苏威火山

怎能不知道

尘埃之下埋的是谁

人类问了两千年

他就是不说

三　布拉格之春

布拉格之春

与布拉格叫春

有本质的区别

我从卡夫卡

忧郁的眼睛

读懂了 波希米亚的花纹

四　巴黎小店

这爿小店

肖邦和乔治·桑

经常面对面

喝苦咖啡

这么些年

桌上的杯子凉透了

坐椅上

还有屁股的余温

五 诗墙

蝌蚪文

像精子一样

涂抹

三百米的诗墙

兰波

秀美的头发

是塞纳河

摇曳的水草

我突然想起了纪伯伦

我朝拜

卡萨莎山谷

流淌 蜜和牛奶

花束打开

鸟鸣绽放

瞬间的迷惘

被绿色吞噬

我在葡萄架下

无端地悲伤

琴房 心房

雪白的窗纱

漏进往日的阳光

纪伯伦 凝神

母亲的肖像

蓄着八字胡的哥哥

伸出温暖之手

我触碰

灵魂之眼

给我一杯

血色的MUSAR

为了疼痛的节日

吟诵离歌……

玫瑰酒店

CK小镇
哈谢克作序
玫瑰酒店
墙上镶嵌
捷克的钟馗
啤酒味的空气
蓝月 独酌

睡莲 哀怨
无愁河边
泪打湿了纸船
倩女幽魂
惊悚破窗
与我共枕
一夜的温存

早上醒来
我伸着懒腰
从中世纪至今
我是古老的套房
天亮之后
唯一
幸存的男人

向往特里尔

卡尔说
来了就好
在大胡子雕像下
留完影
请到家里做客

资本论
一本线装的菜谱
你神往的特里尔
为天下革命者
提供免费的午餐

愚人节

远方的小酒馆
因为时差
关闭了六扇门
异乡的鼾声
绝望的春雷
梦里的卡夫卡
骑着无头的铜人
熊猫和鼹鼠订婚
两只水晶鞋碰杯
圣乔治大教堂
见证 谎言是金

沃尔塔瓦的河水
默默泣下眼泪
我游息尚存时
回到温暖的床上
沏上一杯
东欧的酸咖啡
节日眺望节日
神的躯壳
实实在在地活着
在虚构的夜晚
春风沉醉……

我从
这个世界
经过

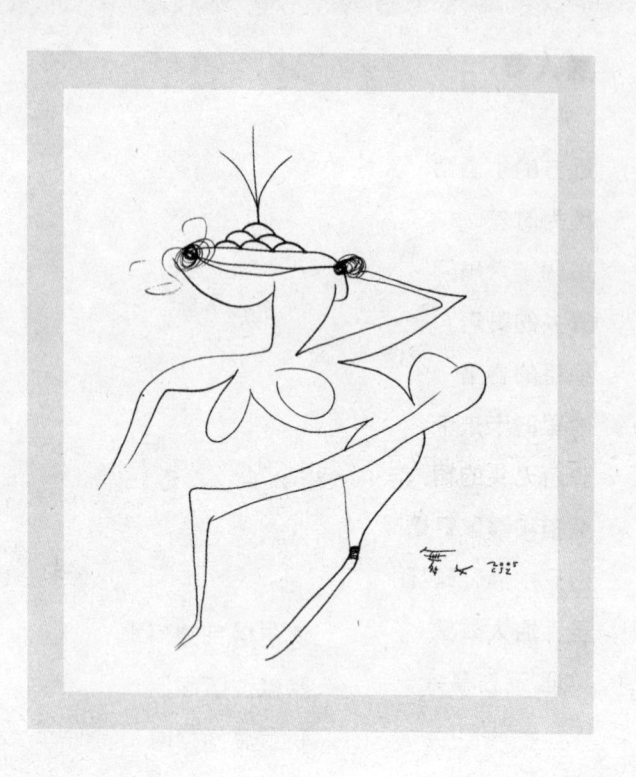

照片

只有你 留存此照
在罗马广场
七月流火 我流泪

我从胸兜掏出左轮
嘭 嘭 射向人影
楼房倾斜 一片

喷泉池 落满了男女
美人鱼尾 腾空
雕塑 露出了马脚

我是一个自恋的人
山顶积了那么厚的雪
还当自己 翩翩少年……

与普希金对话

男人 背后议论

雍容华贵的女人

一场雪地决斗

主角 无地自容

天空划过

虚荣和骄傲的枪声

女人浮华

贵妇轻佻

流言蜚语的雪花……

我絮絮叨叨

与神灵对话

普希金在油画里

向我开了一枪

我瞪出了眼球

踉踉跄跄

走回凯宾斯基

十二点敲钟 我还没死

身体无恙 除了心痛……

赫尔瓦岛

我聊了一路

嘴角上泛着

大海的泡沫

三角帆

小心翼翼地张开

岸上的农民

深蓝晒成海盐

浪尖上洗脚

心头开满鲜花

我唱了一路老歌

母亲的眼睛

婴儿的海

赫尔瓦岛上

藏着一个落日小镇

白色的教堂

有一棵千年的树

暴风雨

吹不掉的果子

等待我来摘……

贝尔格莱德老街

贝尔格莱德的老街

音乐调子很慢

木偶跳得很慢

我坐在阳光里

神态慵懒

一个瘦骨嶙峋的老人

向我要一支烟

抱歉 我只有雪茄

他失望地摇晃头

他和我一样

是穷困潦倒的流浪汉吗

他是在十七年前

受过枪伤吗

他是二战时的瓦尔特

我走得太快了

快到分辨不出时间

他的身影太慢

慢得走不出苦难

我知道渡鸦是渡我的灵魂去大海

闪电的罅隙
我看到繁杂枝蔓
攀援许多人体
像天堂的果实
我分辨不清脸孔
永恒太短暂
不容亲人挥手
就让雕像远去
云翳 一排排白鸟

今生的相识
深爱的人隔世
衣衫做了云裳
陌生的人接踵
足蹈深刻丑石
我登临康威城堡
一跃而飞
我汹水青色渡口
凿漏千年沉轮
你为什么
让渡鸦
渡我的灵魂到大海
了却我伟大的残生……

慌张的旅行

早上 敲错了门
一句斯拉夫语
好像是让我　滚
我惶惶如丧家之犬
在R层与0层之间
寻找欲望的餐厅
坐在阳光的椅子上
喘了一口浊气

光影错过了背影
白帆涨起
乌云涌动
一顿不安的情绪
让我左手一只箱子
一只箱子在右手
牙齿咬着紫色的护照
走入熟悉的波黑

我一定在古老钟楼
和死去的瓦尔特
一起保卫萨拉热窝
战争胜利之后
我在撒谎的钟表店
心有余悸地端起啤酒
真怕 喝到精神亢奋
今晚又上错谁的床……

莫斯科郊外的晚上

一首歌流行六十年
俄罗斯有点唱累了
就像我对晚餐的态度
黑面包和一杯伏特加
一盘迷迭草 白鱼籽酱
我向好哥哥 普京
提出得寸进尺的要求
去看看瓦西里和列宁
借斯大林的烟斗取暖
与阿赫玛托娃共舞
秋风凋零的咖啡馆
金发女郎拒绝合影
一棵衰老的白桦树
老到拉起古典的手风琴
唱莫斯科郊外的晚上……

夜宴

从吃饭喝酒开始
到一场革命结束
面对
大小不一的乳房
我是如此草率
吞下葡萄酒岛的
野葡萄

然后
是鲜花沙拉
一块菲力牛排
七成熟的夜色
上菜的克族女人
甜心
一颗饱满的无花果

然后
我主动申请
唱赞歌跳艳舞
我无视
琴键上的泪水
大海的呜咽
狂饮
一大杯星斗

这一夜
我在月色里
裸泳
我在叶子里
呼吸
睡在你的肺里
在冰凉的怀抱
有气无力
等待世界的黎明……

天堂游历者

坚船利炮

敲击城堡

杜布罗夫尼克

美丽的胸膛

划了一道

闪电的伤痕

大海

需要红色的花朵

点缀千年的寂寞

我是从吊桥

步入山门

行囊里背着圣经

在当代的教堂

我以古典的浪漫

为天仙唱诗

一支丘比特的神箭

瞄准我的心脏

神 睁一只眼

闭一只眼

杜布勒夫尼克的感想

我的指尖

轻触一片叶子

她就打开

抱住我亲密

我转身的一瞬间

她就合闭

山巅的灰岩

砌着城池

墙上面刻有我的生日

恍若隔世

我似乎来过

圆形的教堂

这么干净的旅行

还是第一次

掬一捧清水

洗去酒意

小草烧着忧郁

太阳煮鱼

遇到清澈的眼睛

拍张照片

像拍到了上帝

拿波里行记

每个人身体都筑着老巢

让自己飞来飞去

一个从未到过的名字

叫重返

霞光帆影

冥冥之中

一粒万古的种子

一道爱的符咒 植入波浪

我们来了

一粒蓝色的水晶

溅起一朵朵水花

一串水链戴在你的玉腕

苏莲托 苏莲托

你的情人拥海入怀

女人双乳高耸插云

你头枕禅意的安详

船儿停泊月色

古堡飘零

黑夜是燕麦的披萨

历史就是今天的早餐

我饮下阳光的橙汁

我剥开番茄的火焰

大海的美声

唱着桑塔露琪亚

此岸和彼岸

两块温暖的石头遥遥相望

仰望宗教

风 翻不开 沉重的法典

棺椁细致的雕花

净手 触摸

嘘

喧哗 惊醒先贤

烛光 点燃微尘

你 洗耳静听

天使 翩跹足音……

约克 坎特布雷 威斯敏斯特

深怀忐忑之心

读懂宗教

最古老的肃穆

天堂和地狱

近在咫尺

生

是身外之物

我与你 隔墙

抽一支沁脾的烟草

天空 脸色难看

不知我的灵肉

吐故纳新

云翳遮目 钟鼎悦耳

我窥望

教堂 高耸的尖顶

我从
这个世界
经过

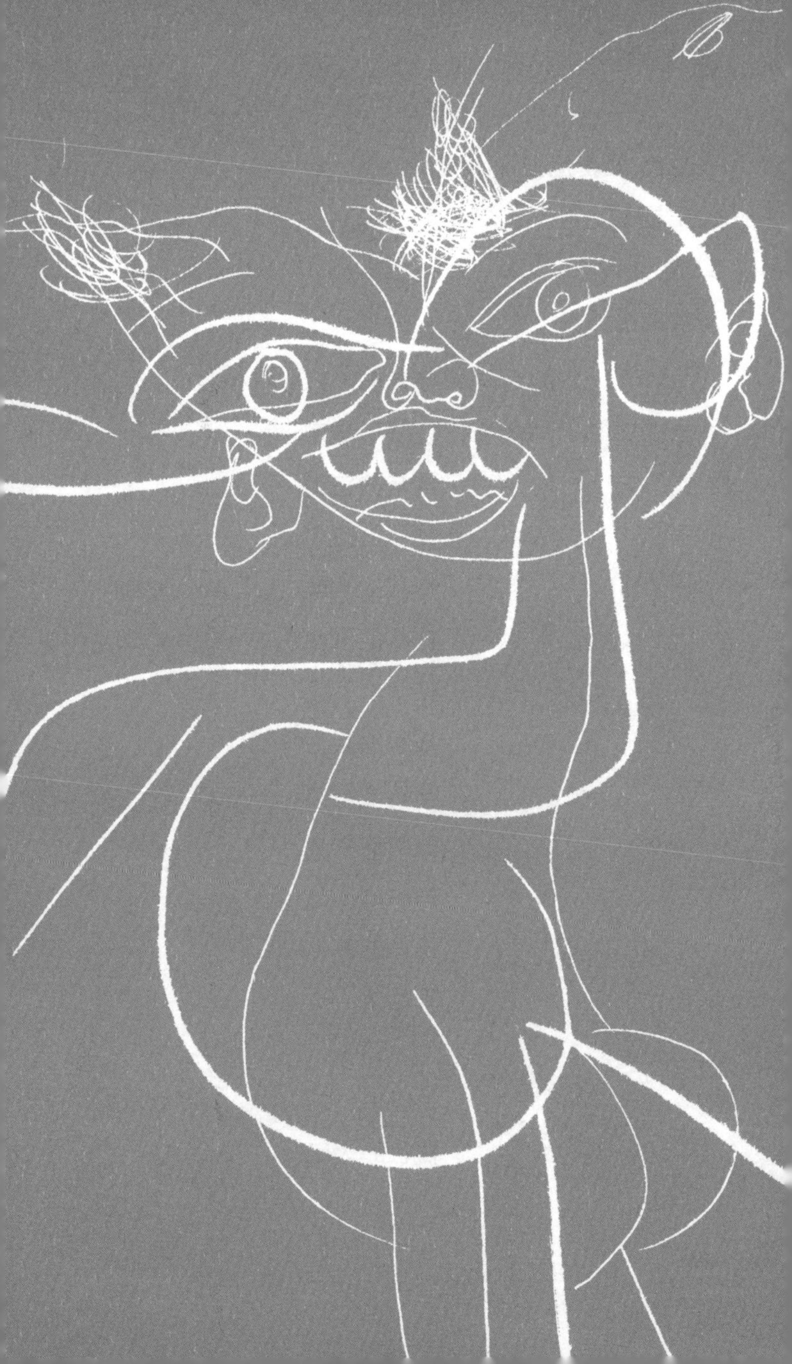

柱

多立克 爱奥尼亚 科林斯
一根根
支撑
辉煌的废墟

        我看到

        柱状的帝国

        柱状的宫殿

        柱状的喷泉

        柱状的雕像

        柱状的淑女

        柱状的骑士

        柱状的兵刃

        柱状的阳具

        柱状的牛羊

        柱状的云彩

        柱状的鹤

        飞远了……

        独留下

        柱状的太阳

人间湖畔

风雨如晦 绿烟凄冷
一条无桨之舟
横在心头
我不吐不快

斜雨 剪我的白发
沿天鹅之颈
向美而行
一袭陈年蓑衣

歌者旧舍
喑哑如烛
给我一壶浊酒
干尽了 尘世的难言

人间湖畔
与生俱死
与死俱荣
华兹华斯在青萍之末

落 一只尖角的蜻蜓
唱 一片荷叶的蛙鸣
我们躲在伞树下
静听大地的脉冲

今生泪水
来世雨霁
我戴千年之枷
遁入千山苍茫……

塔兰托的鸟事儿

浅醉之后
一定去柳巷
这个规矩
你不懂
塔兰托的老炮儿
也不懂
涂鸦的人
心知肚明……

老婆
吃斋念佛
过午不食
我吃喝嫖赌
欲罢不能
晨云暮雨
夜晚
白天的延续

你起得早
鸟儿比你还早
我一直睡到
天长地久
唉
燕雀安知鸿鹄之志
哉

溶洞

走入喀斯特地貌
走入了地球腹腔
从肛门到喉头
经历众生奇幻
石笋 石林 石柱
胃的折皱 肺的汽泡
密布于心脏
透明的血管
天生桥奈何渡
地下河风生浪涌
瑰丽的景致
几亿年的故人

天堂和地狱
深不可测
仰望无云的穹顶
我欲言又止
世界的末日
走到明亮的洞口
我烧灼的体内
一瞬间
扑啦啦 扑啦啦
飞出无数只鸟儿……

盲从者

风
坐在克林斯的柱头
善意地抚摸
红色的虞美人
王有苏醒之心
我有入殓之意
旷野
鸦群扑面

风景酗酒
我泅渡
两千年的落日
八十米的深沟
一尊尊神像
头颅滚动
我在橄榄树下
捡拾一粒粒果核

趣事

流浪到新疆
我像一个烤馕
在泥炉里
美美睡了一觉

第二天 早晨
我被皲裂的手
拿了出来
送给丰腴的女人

她有波斯猫的眼
说着突厥语
义无反顾
拎着我回家

我想到了
鼠牙会噬咬
柔韧的肉体
我逆来顺受

谁会知道
她让我陪葬
一千年以后
出土的落日
飘过 奇异的麦花香……

温泉之惑

巴斯 春寒御赐
贵妃 自西土来
美发摇曳 水草丰腴
我无法避过一池春水
泥土之身 面目全非

流浪 不是放逐
异客 颠簸不破
且把大罗马
当作 故国废都
十三水长安 别来无恙乎

武士仗剑　佞臣媚笑

我奉旨脱衣

沐浴　羞涩妙龄

修道院　默默比邻

洗尽　两千年的铅华

温泉　凝成碧玉

圣女　托起头颅

月亮　雕塑　月亮神

再回首　我的肉体

已销魂千古……

在切斯特聊一场爱情

我把艳遇的女人

称为胴体 这是行话

灵和肉不同的颜色

放在一起 则是绯闻

青色的眼影是青

春天的妖娆叫春

就像秋天的菠菜

永不迷离的秋波

今夜至隆冬的切斯特

美酒聊的这场咖啡

相互厮守了九个月

落英缤纷 瓜熟蒂落

我们生了一个女孩儿

名字是阳春白雪……

美死的圣托里尼

行至此处
大海深蓝
面对天空
我无话可说
小心翼翼
点燃烟斗
火柴
划过暮日
白云生烟

                神灵
                默默
                巨大的翅膀
                埋葬
                我的忏悔之帆
                山峦暗淡
                破碎的余生
                我等待
                美丽的黑夜
                打捞星斗
                照耀
                沉沦的渡船

七月

黑头羊 白云边

我等 仓皇行走

化妆的风景

裸露的文身

兄弟 色眼迷离

我不可救药地

爱上风流寡妇

巴斯的新月楼

裙裾浅粉色

英伦的弯月下

我尽其所能

扩散 漫漫黑夜

爱的潮水

涌入苦难的胸腔

七月 七月

选一个燃情的日子

我在荒原 浇上

薰衣草的精油

烧了自己的骸骨

天空芬芳……

伦敦眼

天空与河
泛起涟漪
我背靠忧郁
顾影自怜
行李三天三夜
抵达四季酒店
她已人老珠黄
嘴唇浓艳

伦敦
无聊的钓客
睁眼说瞎话
纷繁的尘世
绽放花千树
我端坐碎片大厦
点了一杯
幽默的咖啡

考古者

小心翼翼地剥落千年的莲花
指尖轻轻捻过白骨脖颈的美玉

无法想象 乳房塌陷的女人
是埃及艳后 她把手伸给了蛇

因为一个装腔作势的褐色裸体
我错误地估算了宫殿的年龄……

夜坐开罗米娜宫酒店

尘与尘谈判

日出 日落

相隔了

五千年

夜

像化了妆的书记官

纸莎草遮住

胡夫 阴沉的脸

是博物馆

盗空了金字塔

还是金字塔

收藏了博物馆

我从
这个世界
经过

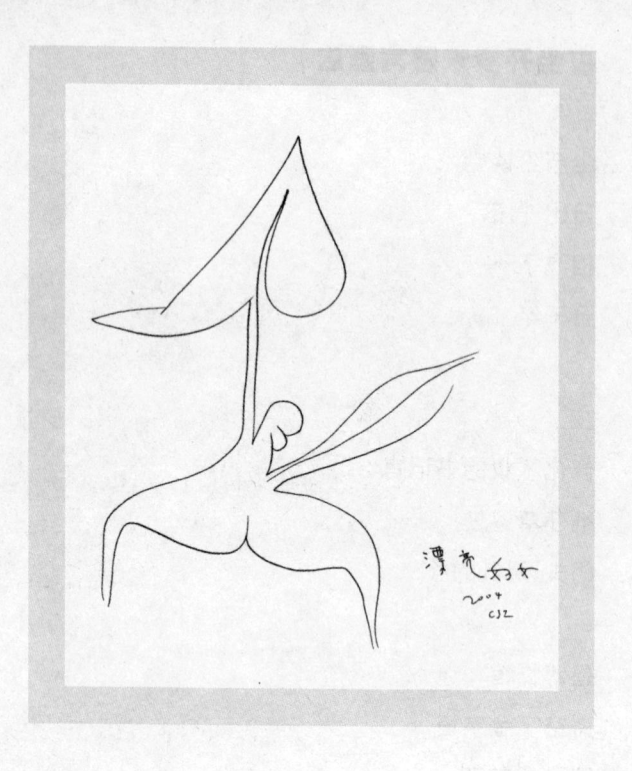

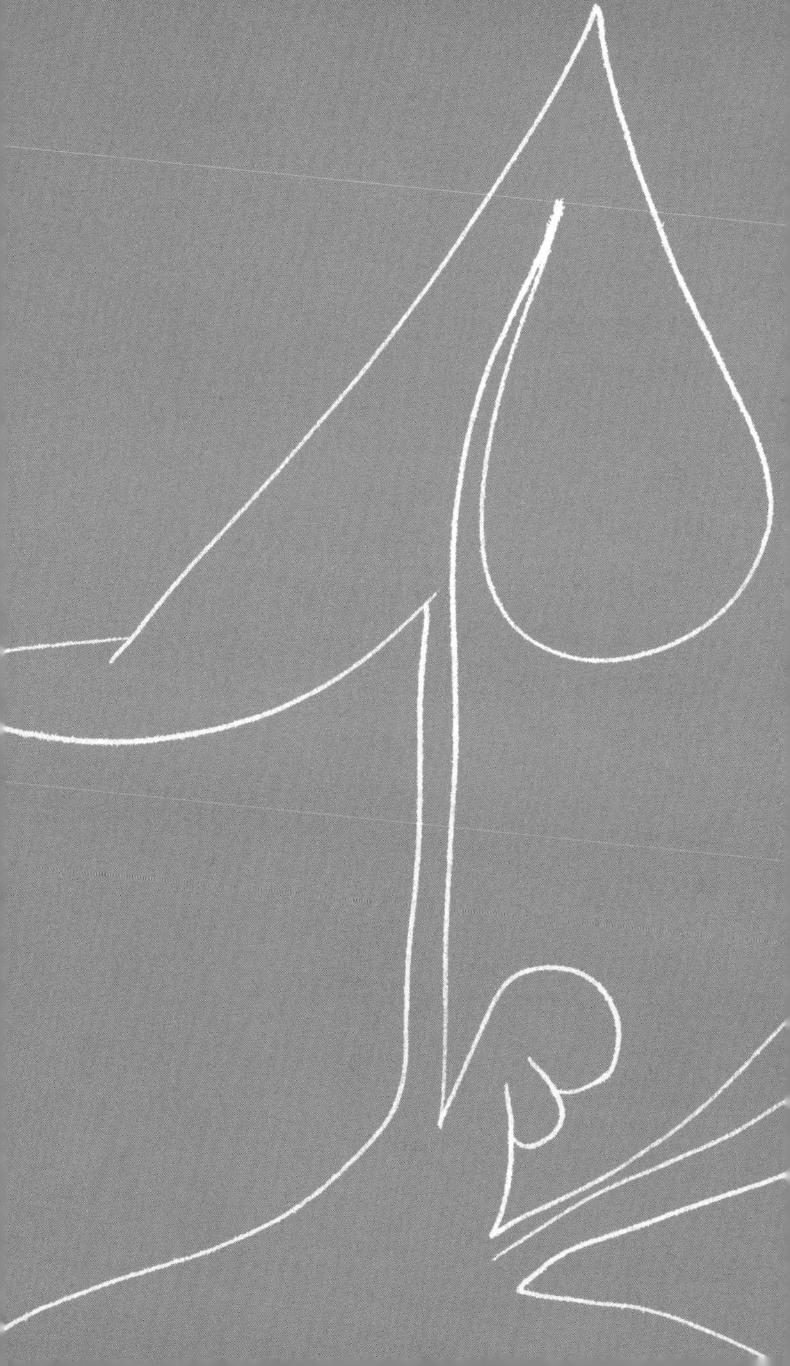

短诗十八首

证人
我只做你
一个人的证人
看你今生的死
等你来生的生

人质
这个宫殿
属于少数人
这个寺庙
属于多数人
春风拂面
所有人
都成为
春天的人质

重生
我至少
还有一次
投胎的机会

我可以
选择母亲
但是 选择不了自己

丑角
休说
戏子无义

小丑
是个行当

佛手

观音

一千只手

是否

都鼓过掌

我老眼昏花

就想看

人间

举起的一千只手

如何放下

原罪

亲爱的

请原谅

我不会说谎

就不会爱……

牙科

从牙科诊所

走出来

才知道

什么是

以牙还牙

暮年

白骨之白

灰云之灰

从你脸色

我看到暮色之深

太阳

自然赋予的头颅

早晚一天会取走

消沉

古城保定

从二线城市

降到三线

市民露出轻松的笑容

正午

指针

一根抬起又放下的杆子

我站在阴影里

向路人收阳光税

院子

一只灰雀

以灰色的思想

落在庭院

寂寞的庭院

接受所有的落下

佛陀

佛陀

是一块落难的石头

我们给他浇水

让他开花

高铁

真的怀念

一车好人

抢座的年代

老师

我的老师

在贵族学校

教孩子贫穷

雪人

从未见过黑暗

洁白

早已刺瞎我的眼

SKP

天下 所有

卖男装的女孩儿

都有与我

联系的方式

但没有一人

知道我内心

最想得到一件

合适的袈裟

顺峰

顺峰门口

迎客的小矮人

是一个小巨人

他手掌有力

他慧眼识英雄

他知道

谁来吃饭

谁来吃人

夜色里的几个女人

一

我的猫叫
让月亮羞愧
我爬墙的影子
长成藤萝

隔窗遥望
你案上的静物
在犀利的笔触下
一点点腐烂

二

做你的邻居
是为了偷窥
做你的朋友
是为了偷情

我约好今生
每一朵花
凋零时的开放
开放后的凋零

三

擦肩而过

不是缘分

眼球相撞

碎了 一地泪水

那时你心底

有一个孩子

白鸽一样飞走了

再也没有回来

四

我们谈论

活着埋在一起

还是死了

埋在一起

你问问丈夫

我问问妻子

蓝天白云

此生无语

五

古典的爱情

藏入绿色邮筒

在我白发苍苍

胴体锈蚀之后

你是我命里

唯一的一封情书

寄到青山碧水

我已双目失明

二月 等了十四日

一

冬天 死去的人
会在春天的泥土里长出来

二

灵兮吹拂 年轻人的墓碑
一只蝼蚁 等待托尔斯泰的复活

三

祭坛上的鹰 不可以 叫 雄鹰
她与枯枝上的鸦是孪生

四

我梦见沉溺东湖的暗蓝色的忧郁
醒来 艺术家雕刻累累白骨

五

我自制的钟 是衰弱的心脏
风敲一次 雨敲一次 我疼一次

六
一个家庭是一座无佛的庙廊
女人 披着姹紫嫣红的袈裟修行

七
我知道 霍乱时期的爱情才是爱情
爱 传染了 相见不如不见的疾病

八
这间灰色的房子比悲情谁更古老
坐在摇椅上慢慢地摇成我打鼾的父亲

九
暖暖的浴缸 是一片寂寞的大海
我喝一杯丝绸咖啡 日子正是春暖花开

十
先生 请您拿走一枝极美的罂粟花
这是六十岁的小姑娘 送你的

隔离

不让自由走动
我就奉旨居家
天的脸色苍白
路上的漫漫红尘
无人打扫

我凭栏的女人
黄鹂的嗓子
唱出灰雀的歌
听到伤心处
羽毛 飘了一地

这世间人来人往
倏然安静
春江那个水暖
时光的鸭蹼
微微颤动的心房

桃花掩面 柳浪闻莺
是神祇 是禅意
一抹绿是一抹悲情
马踏飞燕的王子
翅膀掠过小小黄花

持烛者

夜坐东湖
观 天象
水 吐纳远山
你的隐痛
深入肉体
空气
弥漫悲情

做一个
持烛者
我点燃星斗
梅花傲雪
城市的名字
从梦苏醒
春水微澜

黄鹤一去
空楼千载
我吟诵
滚滚江河
红尘嚣嚣
争渡 争渡
爱是归宿

我祈求
上天是天
泥土是土
人民是人
苦是甘
面对悠悠万古
世间平安

对面

琴键 生涩
听力道 不是孩子
是谁呢
在慵懒的春闺

茶色玻璃里
搬来一个女房客
有凤来仪
满足我偷窥的欲望

浴缸在房子深处
碎花 点缀其间
我喜欢 悲情的影子
时隐时现

栅栏 缠绕枯藤
一只红杏 探头
院落 灰雀灵异
蓝色鸽哨 飞掠晴空

我只见山东邮差敲门
河南保姆择菜
一只猫咪 一只吠狗
寂寞少妇 不露峥嵘……

我在往日踏青

旧长城
旧成了山峦
落日
一张沧桑的脸
天地间
皱纹蜿蜒

烽火台
寻觅胡虏
听到褒姒
轻歌浪笑
苦海荡漾

青砖厚重
燕国的城池
埋葬于深井
马的骨架
千年不倒
肋骨的缝隙
钻出野花

山羊
攀不到的巉岩
屠杀的箭矢
锈死的种籽
我遥望黄沙梁
下葬的人流
淹没了
炊烟里的农妇……

百度石柱

石柱县在重庆

石柱塔在定州

石柱街在保定

石柱小吃

石柱保健

有一个石柱

经常发表

关于文化的言论

有人点赞

也有人吐槽

石柱是一个

吃饱喝足了

鼓掌的小人物

讲话

我们必须给
泥土
一些植物
给水
好吃的鱼饵
给村落
温暖的贫穷
给春天一点颜色
看看
给尘世
一壶还魂酒
让家乡
喝得满脸通红

给点不要停息的
掌声吧
给池边放生的
信男善女
给家里家外
表里如一的
狗男狗女
给让我
坚持活到今天的
倩女幽魂
感谢
这世界如此虚伪
我依然意乱情迷

我从
这个世界
经过

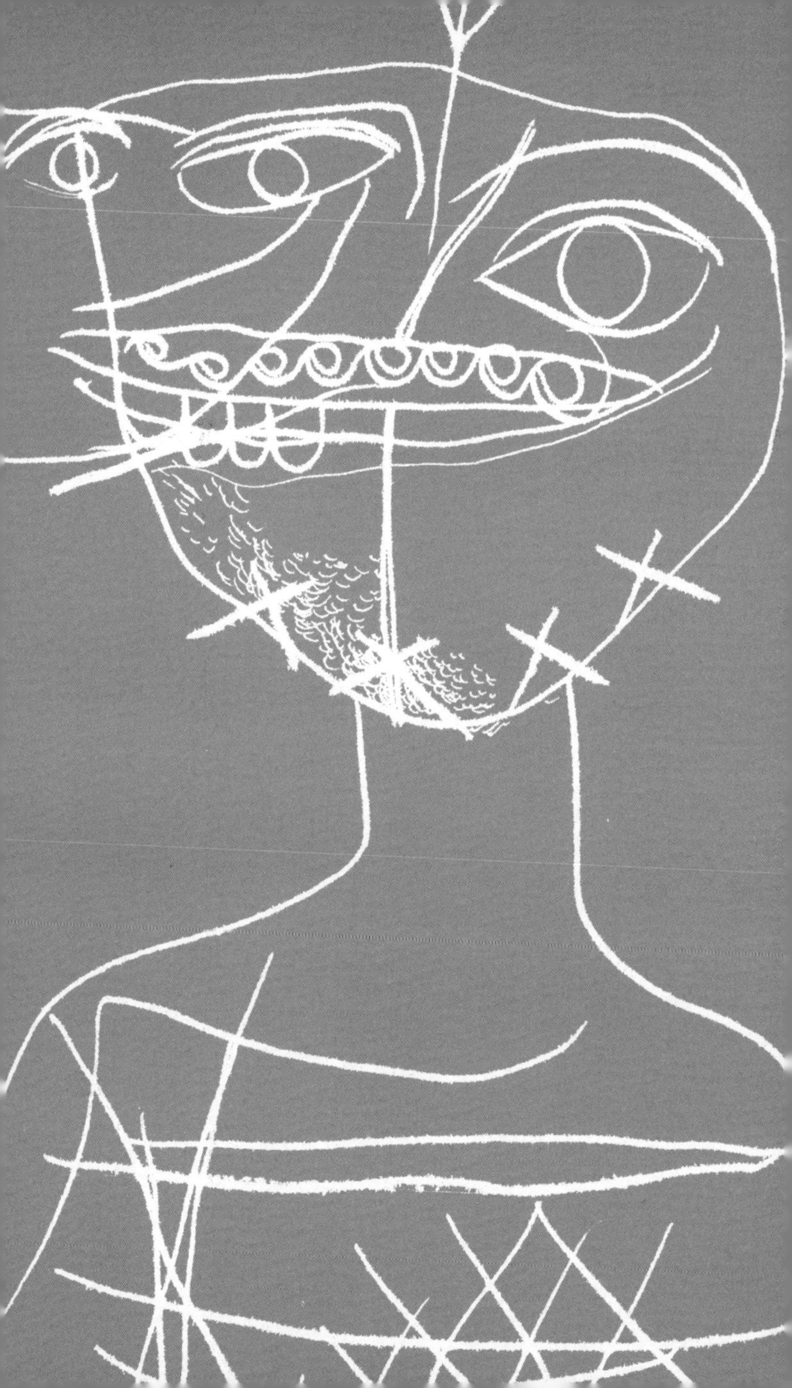

与兄书

历史
讲了一个冷笑话
秋风弯腰
枯木萧萧

山河 长卷
图穷匕见
我学会 叩头
一直到鸦飞鸟散

填一首词
念一页经
抵不住 一句俚语
家书一斤……

背水泥的少妇

她在工地
做水泥模特
娇弱的身体
蹒跚的猫步

一朵
喘息的花
绽放于尘埃
一抹
冰冷粉底
肮脏的肤色

        我开始
        憎恨水泥
        憎恨房屋
        憎恨广厦
        憎恨杜甫

        我喜欢
        她喝水
        擦汗
        拭泪时的笑容

宽窄巷子

青色打底
涂抹红颜
灯笼高高吊起
我的胃口

时光 滑入火锅
人声鼎沸
殊不知
月亮也是食材

川人
若真的变脸
宽窄巷子
敢烹天下老饕

一串麻椒
一串眼泪
我的金色筷子
夹起秀色可餐的小美人

听日子

闭上眼 听风
听 阳光如针 扎入穴位
自找痛感
我想一直听下去
到传说的无极

看世界的形式
已经从踱步
回归青藤的圈椅
我沏一杯昨夜雨水
听日月轮转

花开富贵 听
花谢的人生 听
伶人虐心 听
鼓点里细腻的悲情
听山河故人

睁眼等于瞑目
大智方知宠辱
苟且于万山红遍
说书的人死了
我还在洗耳恭听……

读书

四点 我的河边开始泛绿
春江水暖
我在蚕丝被里做梦
墙外
鱼肚灰

左手掌灯
右手边 一本线装的红楼
新的一天
从意淫开始
到呻吟结束

我会被早餐困扰
之后 把自己庞大的中年
塞入车子
驶入一个个城市的黑洞
我在痛苦的闲暇 读书

我会死于 古籍善本
在小楷的迷宫里走失
脚下
江山如画
我孤悬于宫阙

枯枝上 以卵系巢
等待风必摧之
我站在道德 爱情之上 晃晃悠悠
这世界还会好吗
太阳给天穹镀着金边

短句 一

世界最初的一日和末日
我始终和爱人在一起
从至暗时刻到黎明的空间
我的诗篇是此生的祷词

短句 二

我是鹰隼
夺目
你以鸟儿不烂之舌
啄心

短句 三

别以为你吼出的是满腔热血
或许你喷薄的是混浊的泥浆

短句 四

今生和来世是一对孪生姐妹
她想嫁给我们生与死的兄弟

短句 五

离开人间的人很后悔
来人间的天使在路上

短句 六

迟早一天
我会是白骨的供果

围绕柱状的纪念碑
与灵鹫对话

短句 七

人的胆怯缘于生和死
生看不起死才是谬论

短句 八

国画 是唾沫和眼泪
油画 是精子和卵子

道歉

养你宠你

是为了欢喜

你生而孤独

不像人类

可以寻欢作乐

一箪食 一泓水

了却青山

诺大的社区

形形色色的狗

属于各自种姓

人本来有制度

却万般自由

你除了春风之外

一无所有……

十笏园

且慢
赏景 游园
我们在陪
一个孤儿回家

(陪丁一川老师回到他原来的家)

三天

三天前 我认识了
一个给野猫设计燕尾服的女人

她说
过了暮春就做我的保姆
她说
我的体内飞入一只喜鹊
她说
我头颅 插上一枚丘比特的箭头
她说
她有千年的秘方治疗我的白发

三天后
我炼就了从左耳进右耳出的箴言

秋天就是一天 我不想收获什么

石佛 神色黯然
且皮肤粗糙
朔风百里 孤坐千年
我懂 湖光鹭影
心经 刻心

今生难得一见
从炳灵寺 敦煌
麦积山 云岗 龙门
一路舟车劳顿
我薄金蒙面 噤若寒蝉

黄沙丘壑 埋葬驼铃

茫茫人海

我痴情贪酒

掠过野马的鬣鬃

沉醉 月牙泉

无聊的长夜短歌

城堡 卸下甲胄 谈情说爱

我早已 无知己 无红颜

你却一次次倾诉

最后的晚餐 ……

我从
这个世界
经过

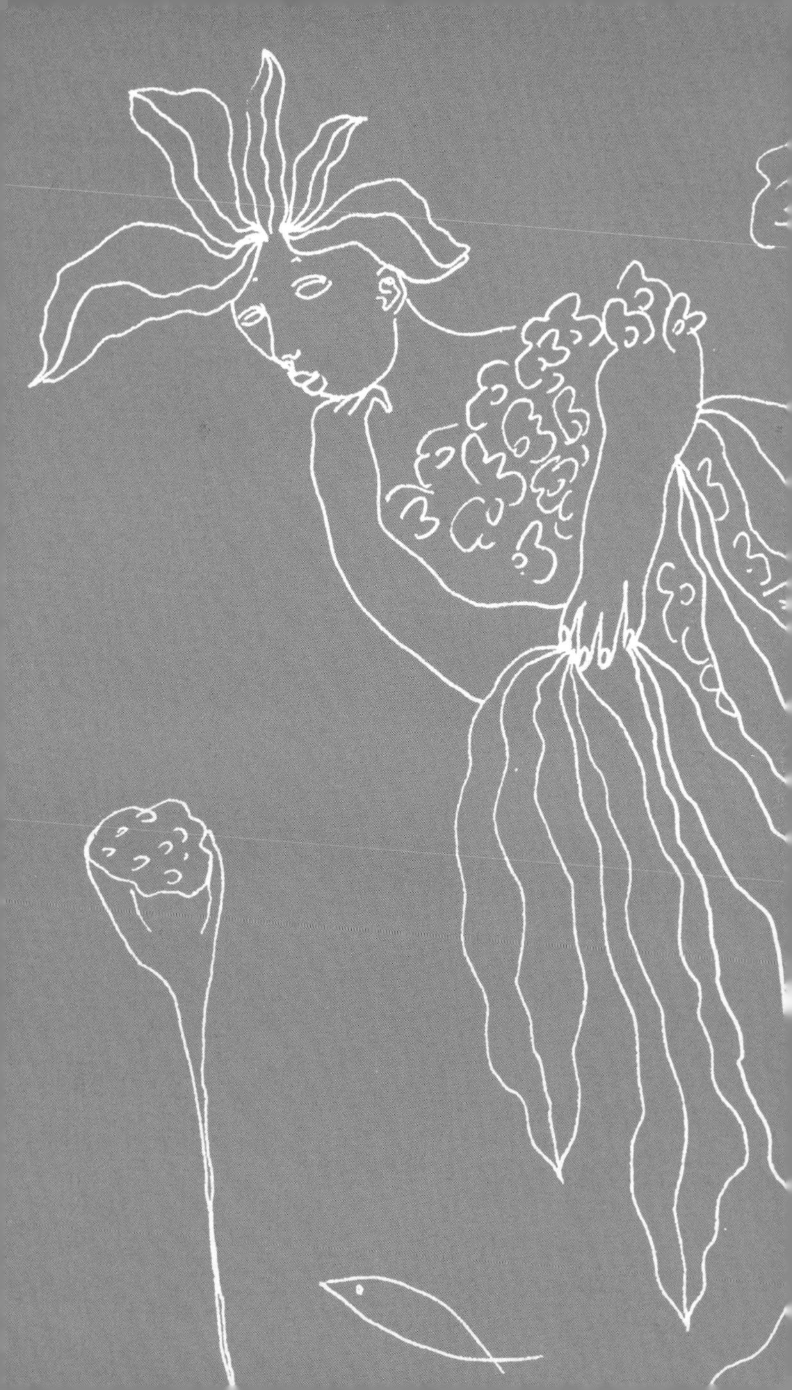

问鸟儿

那只雪衣
藏在婉儿
善舞的长袖
歌声平仄
三彩陶
叽叽喳喳
唐诗是青冢
鸟去笼空
巢倾秋悲
一千年一棵
参天大树
年年的落叶
都是一片片
雪白的羽毛

苦禅

一杯水
是苦海 一杯水 一条蛇影
饮下了苦海 胃是苦海

一棵树
果子是苦果 桑叶是苦叶
桑叶养蚕 苦果苦叶落了一地

早餐是苦瓜 午餐是苦菊
晚餐 我吐了一夜苦水
浮起 一弯苦苦的明月

说雪

一片苍茫处填词
乌鸦落 墨点一地
沁园春
是一间酒肆

说雪时 你如约而至
听戏的路上
天空烤着焰火
卖炭翁遇上 白居易

雪夜 絮絮叨叨
寺庙裹上蓑衣
雪光比月光寒
杀了相思

临一幅 快雪时晴帖
换一壶美酒 娇娘小曲
你膝头绕满良犬
是我豢养的子嗣

月亮让我分裂

听到
窸窸窣窣的足音
我知道
众生
开始仰望
一枚血月亮

                    一夜未眠
                    心宽体胖的爱人
                    为六个便士
                    牺牲色相
                    这一宿
                    理想 波澜壮阔
                    现实 云谲波诡

                    圣人 天空画饼
                    饲
                    饥饿的蓝眼睛
                    风吹月华
                    南柯一梦
                    等你来时
                    我已不在世上

痛

以一柄时光的尖刀
刮骨
烛台下
苦读春秋

我若有所思
翻阅
《黄帝内经》
救民的良方

燃起
重生的炭火
煎熬 一剂剂
中庸之道

如何服下
我的痛楚
人间 辽阔
却难觅一泓春水

有机爱情

想起这些年

我的心田

没有施过

一粒化肥

花朵

虽开得渺小

叶茎 羸弱

我却自自然然

遇到了一场

阳光明媚的有机爱情

阅读

眸子浅灰
穹顶深蓝 泥土暗黄 溪流暗绿
这是油画

书呢
字里行间
一杯暖暖的茶 充满自醒

音乐
小小的野菊 一枝枝金簪
插入青丝

让秋天

在某一时间 某一地点

存活下来

让某一滴泪水

遭遇爱情

一朵朵悲情的花

乐观绽放

我忘了

花开为苦 花谢为愁……

黑

我皮肤黑 眼球黑 胡子黑 头发黑
我喝黑茶 黑咖啡 嚼黑豆 牙齿黑
我讲黑段子 黑色幽默 嘿嘿 嘿嘿
我爱黑女人的丝绸胴体黑色草裙
我抹黑太阳给黑色月亮文唇画眉
黑吃黑黑喝黑黑大手握紧黑小手
黑皮衣黑短靴骑黑马踩踏黑的雪
黑色的光芒照亮黑夜最后的黑暗
在此之前所有对黑色和黑暗赞美
对一个黑心黑肺的我都是高级黑

人贩子

小时候

我多么渴望

遇到一个人贩子

被贩卖

给一个革命家庭

有电灯 电话

浴缸

厚厚的白毛巾

不用

碱水洗头……

我同学的父亲

是个双枪英雄

他金屋

藏着娇妻

生下了

骄傲的孩子

八十年代

走到今天

每次

走过阴森的大院

我都擦亮眼睛

行

注目礼

街头即景

我们不习惯
在礼帽里放零钱

尊重
忧伤的琴弦

喀什活畜合作社国际交易市场

铁笼子
一定是押囚犯
或是
运牲畜

我看到一只只绵羊
拴入绳套
一头头公牛
圈入栅栏

老主人对他们
恫吓
新主子对他们
和善

交易在牙子
袖筒里展开
彼此 伸手
问候 吵架

山羊胡子老头
面色萎黄
骄傲的少爷
点击粉钞票

空车
悻悻地走了
满载牛羊的屠夫
目露
感人的凶光……

丈二

我摸不到
你的头顶
佛 能
佛 无所不能

我的慧眼
识不透
无色的袈裟
藏匿的肉身

泥胎有根
扎入凡尘
你匍匐
茫茫天穹

我唯有辨认
颅骨上的戒疤
是你死于信仰
致命的伤……

今夜秀水街

口渴的时候

就想喝秀水

我至今怀疑

她穿上格子衫

那么美

怎么会是一个

三里屯的站街女

堕落的霓虹

娇小的身体

意淫的春风

钻进暖和的被窝

我用了三十年

从荒谬的孩子

变成地道的农民

在城郊等拆迁

每天疲惫不堪

回遥远的金盏乡

和陌生人过夜

从来没有见过

一枝金盏花盛开……

我从
这个世界
经过

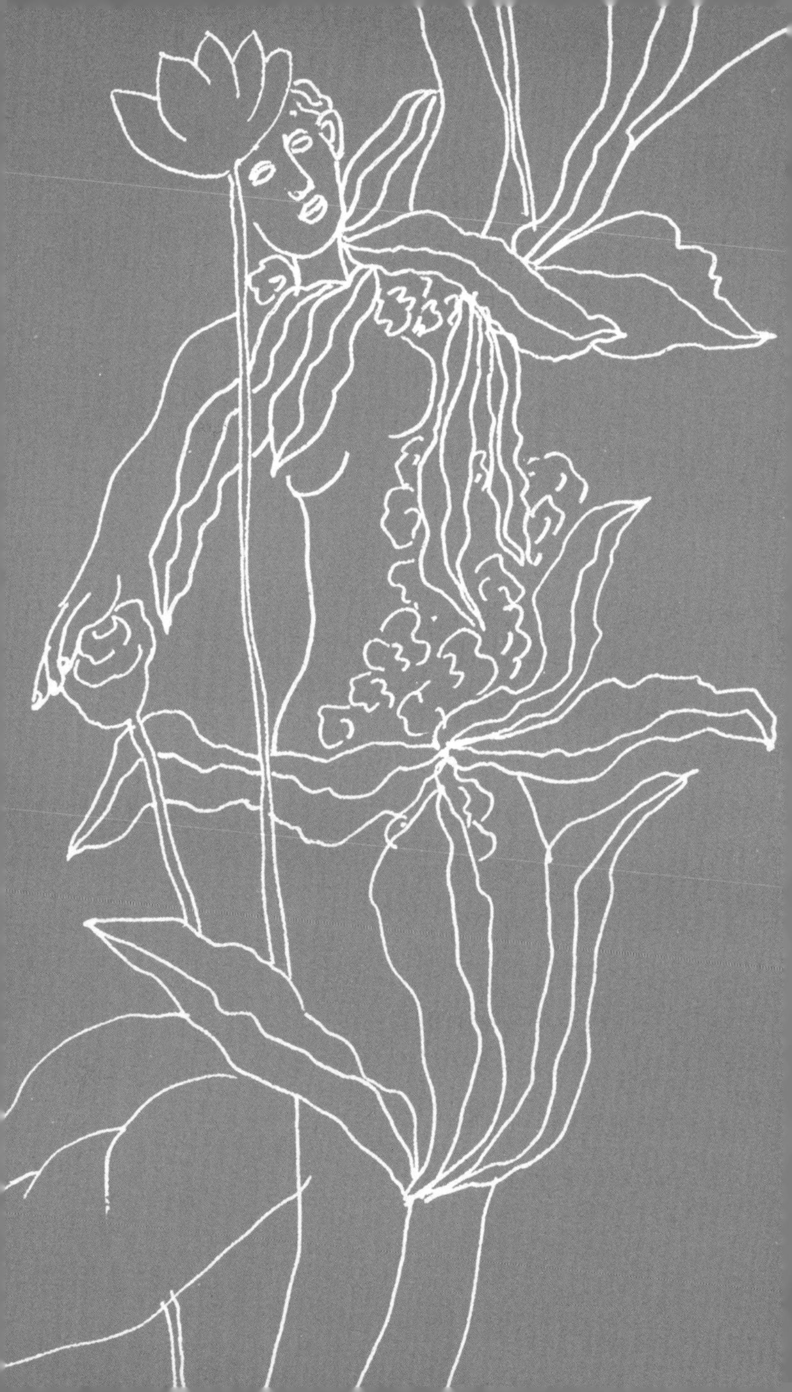

假期

一只耳三脚猫和独眼龙
在天主教堂门前晒太阳
傻春在警察岗指挥车辆
老旺领着弹了弦的老婆
纳了妾的六儿牵狗闲逛
莲花池插上了冰糖葫芦
总督署广场挂满红灯笼
人声鼎沸的保定裕华路
我遇到儿时所有的坏人
看他们一起和岁月终老
大宝和二宝端坐在东清
老梆子马二蛋拎瓶枣酒
我兄弟谢三百买只小鸡
摔跤的坏三掀开脏门帘
踢毽的老四摆上大海碗
发小碰杯欢度这个春节
冬天无雪城市愈加荒芜
灰色尘埃笼罩清真寺街
故乡何时给我一个拥抱
赤子永远不变浪子情怀

酩酊大醉小胜扶我回家
九十岁的老妈呵呵直笑
男人该喝酒抽烟耍大牌
不要像爸爸厚道一辈子
最后只落下结实的身体
墙上挂着保生送的国画
刘西古先生的九个寿桃
老妈说眼睛花看不清楚
像咱老宅枯树飞走的鸦

读

我在字里行间
敲木鱼

清白
一贫如洗

放下
慈怀

慈怀
拿不起……

身份

我出行的身份
是个过客
行囊里藏起女儿
儿子 拍拍我肩膀
摇摇头说
不用父亲背了

五十岁 一切听命
繁花不停地落
我已不想分辨
乌鸦与麻雀
今生来的地方
前世一定去过

我甚至怀念
还未到来的日子
去陌生的夜空
两岸的亲人
不停地招手
秋风吹笛 泪星点点

琼花开了
热带雨林不会遇到故旧
美高梅 没人认识我
狮子认识
他曾在某个金色月夜
舔食过我的骸骨……

告诫

拎起旧皮箱
一直向前走
再美的食色 别停下来

一矗 残酷的雕像
立在人性面前
顿感突兀

铁灰色的眼睛
像父 像兄 像宗教里的角儿
就是不像自己

你团结紧张
我严肃活泼
谁命犯红花

秋风停在秋雨的路上
貌合神离的事
缘于昨晚的一念之差

摆渡人

我的上游
在豪华包房
唱一首
骄傲的歌儿

躲入沙发角落
我像气功师
闭目 排毒
刚刚 一杯杯
向金钱
致敬的酒
在血液里循环
咱妈妈
给的心和肝
都很难受……

我的下游
大概就是
寒风中
瑟瑟的代驾
为谋生计
他会把一单单
尽兴的贵客
送回
温暖的家中

寂寞的敦煌

圣贤的寂寞
敦煌的寂寞
窟口的暮光
王道士 蹒跚而来

千佛洞 深藏鸟经
我读不懂的泥塑 念破天机
落日楼头 断鸿声里
老马 驮着故人出关

我衣衫褴褛
你衣袂飘飘
琵琶在背后 弹弦外之音
我一脸无知 两眼苍茫……

咏叹

饮下一杯毒酒

就去投河

这也是侵入

悠悠岁月

圣经的风景

一枝枯梅

我翻来阅去

给水鸟喂食

谁开启

血液里的泊船

谁是神

我以宗教的方式

给头颅开光

给胡须染雪

定下灰色的基调

此生美好而忧伤……

聊天

她那么贪婪辣
她那么眷恋甜
她那么痴情苦

我叫了一杯清水
四杯清水 放在玻璃上
对面 三个女人来自聊城

在黑音乐的中央
今夜 离不开陶瓷相撞
嘴唇 在水一方

香槟香 红酒红
我开始谈论雪茄
以及与人类无关的头颅

星星 挂在时间的屋顶
三只眼圆睁 三只眼微闭
然后 体内外分泌液体

一次洗手间的旅行
我在独木桥遇到了
一枝会唱歌的鸢尾花……

踏青

三月三
在我
宽厚的背上
踏青
精巧的小脚
磨灭了
灰色的文身

春天
挺简单
小草快乐
是你
踩一踩
我疲倦的身体
苏醒的心……

十八号院

纪晓岚赶考
读过书的西厢房
油捻子
点亮的月光

翰林 手捏
翡翠嘴
大烟袋锅子
编纂 四库全书

戴口罩的小春
盛夏之夜
推门出来
脸色铁青

灰雀的小院
是市级文物
后来的房客
一代比一代穷

小春住到死
也没等到拆迁
纪晓岚做了官
再没有回来……

艾提尕尔遐想

相对而言
这熟悉的画面
比家乡的清真寺
略显遥远

艾提尕尔
只一个古字
怎敢去面对
四百八十寺
我以维吾尔小刀
刻你的倦容
绿枝上的小鸟
鸣沙一样四散
袅袅炊烟
是牛羊的道场
我依着柱形黄昏
心怀浪子的悲伤

作为被俘者
我的白骨头
五百五十年后
才敢留此残照

天下雄关 天下雌关

已有凉意从凉州来
已有黄沙从敦煌来
我是五百年前流亡的异客
五百年后看落日余晖

跺口 瞭望无水之河
城门洞开 我的蹄声悦耳
夜光杯 琥珀光 羌笛吹
历史 顷刻间化为鸟兽散

我的杀戮是城市的晚餐
一只肥美而沉默的羔羊
为此 我与浅爱的女人合影
挽起兄弟的手 到此一游……

我从
这个世界
经过

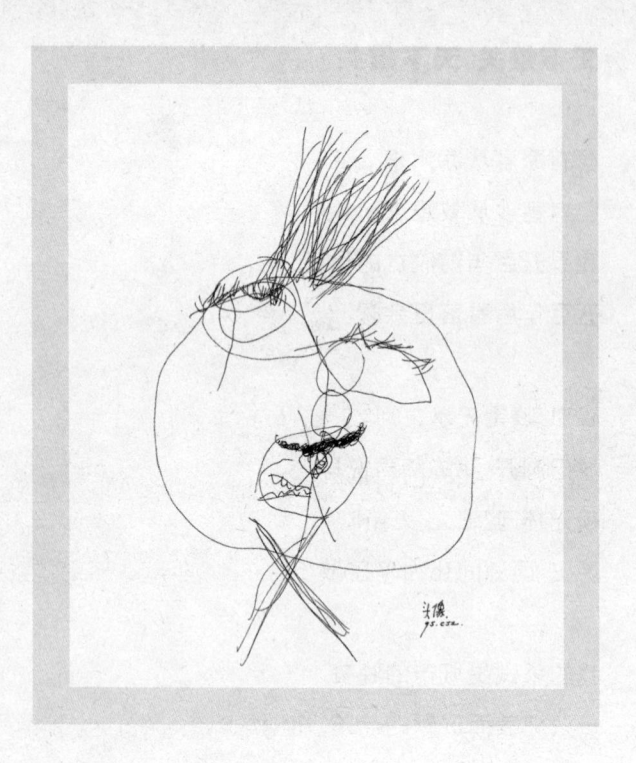

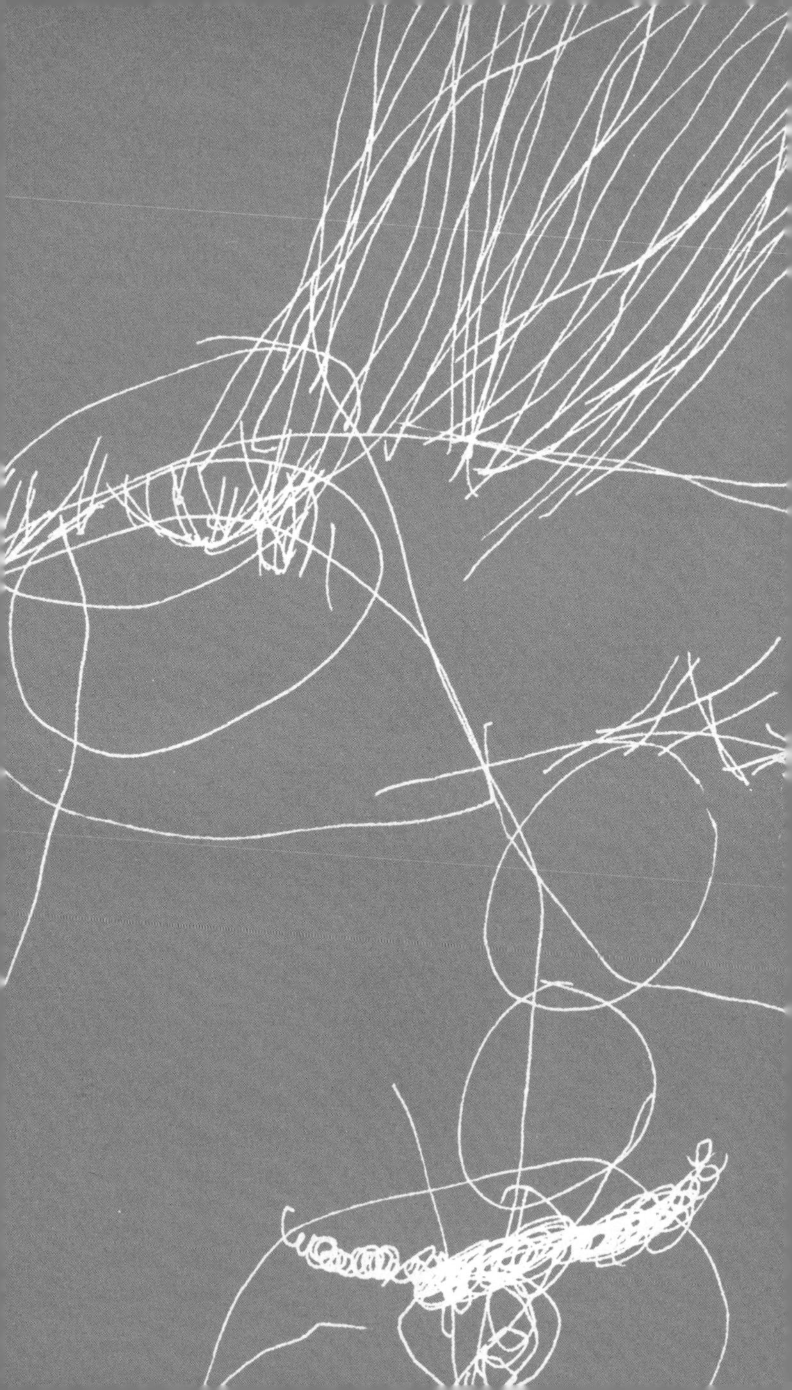

望中秋

月色黄了
我笔尖悬空
寺庙悬空
铜佛
在来的路上

我错愕
凡人梵音
胴体似玉
求福摸顶之人
头颅滚圆

香火明灭或可睹
木鱼 颤颤
我手摇的折扇
一面是冷水
一面是火焰

我的疆土是众生
坐拥大海
背靠虚无
听说 远方的州府下雪了
我酒气上涌 醉如谪仙

见字如面

又到寒假了
我骑车
到三十年前
送站
横梁上
坐着娇小的初恋
后椅 沉重的行李

矮旧车站
我痴情的头颅
撞到房顶
呼吸汽笛
轨道从瞳孔
伸延
内心的远方……

我被绿皮火车
托运
我被绿色邮局
寄回
收到的总是一封
无情的情书
" 见字如面 "

安全套

戴上它
让欲望放心
即使
不要孩子
也要
精血安全

做一个
善良的橡胶人
给话筒
戴上避孕套
我们
不需要声音

听话吧
一个老戏骨
表情丰富
就足够了
梦里的情色
本是一出默剧……

我会在老房子里住一生

今年春天太长
乌龟驮着绿色
走过分明四季
我不停地换衣裳
早穿棉衣午穿纱
风中晒一晒裙子
以示一个变性人
心里藏不住的鸳梦

清明节过后
再也没有悲伤
五月紫薇开
老院子花藤瘦骨
爬上李阿姨的肩头
夹在妹妹的耳畔
年轻人偷窥成瘾
莺歌燕舞

想起时间 倏然而过
井台映出愁容
放飞的鸽哨
袅袅的炊烟
天上的父亲 踟躅独行
老妈妈笑盈盈看暮云
我要陪她
在老房子住一生

小丑

你给我妆扮
我要演小丑
插上翅膀的马
在舞台上飞
你却躲在音乐
和红酒里哭泣
隔着幕布
借着破碎的镜面
看玻璃杯子
淹死的昆虫
像汨罗江水
千年的涟漪……
上帝
赋予的角色
爱情
无力回天

前半生与后半生娓娓道来

点燃 前半生
半支雪茄

嘻嘻 扇起小手
蝴蝶的翅膀
喷泉溅湿了
白色的裙子
牵牛 开在石头上

我依窗而坐
　笑而不语
她何尝不是
　父亲
后半生的幸福

亲爱的女儿
回来之前
我悄悄弹掉灰烬
等待小精灵
共尽烛光晚餐……

蕾

枝上 几只
含苞的小黄雀

我手指
竖起枪击的姿势

骄傲的她
纹丝不动……

我猜得到
一秒钟后

神灵护佑下
翅膀的绽放

第三者

白色房子
活不过树
树
活不过白骨
小草
寿命最长
她活过
所有的焚烧

厅堂和画室
繁茂的枝蔓
花
缤纷于
死亡的困扰
酒水是溪流
喉咙吟诵

云雀
是第三者
从云端
盘旋 空巢
忧郁地问候
你好……

丁村

早些年佛骨灵塔
三颗牙埋于原上
汾河湾野草枯荣
泥沙下鱼龙混杂
丁村人迁徙丁村
厚墙小窗的山西
寂寞的青砖瓦当
冷冰冰的算盘珠
我吹响新婚唢呐
隔着窗棂锡箔纸
我窥见三寸金莲
洞房令郎君羞愧
清朝的红门紧闭
我不顾君子体统
从猫道跑回汾阳

喀什老城

我喜欢

烟熏的城市

土坯

一百年熏黑一次

王

在旧址的脸上

刷上金粉

又开始

一轮的轮回

街头

没有活着的羊

但不缺少 羊奶

疼痛的肉

嗞嗞乱响

什么时候

家里的盐和孜然

告急

泉水和红柳

消失

烤馕 像挂在天边

一枚月亮

我骑上

一匹丑骆驼

胃里

灌满黄沙

从塔克拉马干 边缘

摸着黑暗

拯救

歌舞升平的家园

浮生

我误入 飘幡小店
为霍乱时期的爱情
沽 一壶浊酒

点了一大海碗
挂羊头卖狗肉
我开始大快朵颐

老板 徐娘半老
小鼻子 有点酒糟
她面对镜子 涂胭脂

酒过三巡 菜过五味
三更天 我色胆包天
试图摸她 枯萎的小手

她京戏的念白和唱腔
"奴家卖艺不卖身"
我内心羞愧难当……

掀开油脂麻花的门帘
我汇入茫茫江湖
身后 一双蝙蝠的美丽大眼睛

我从
这个世界
经过

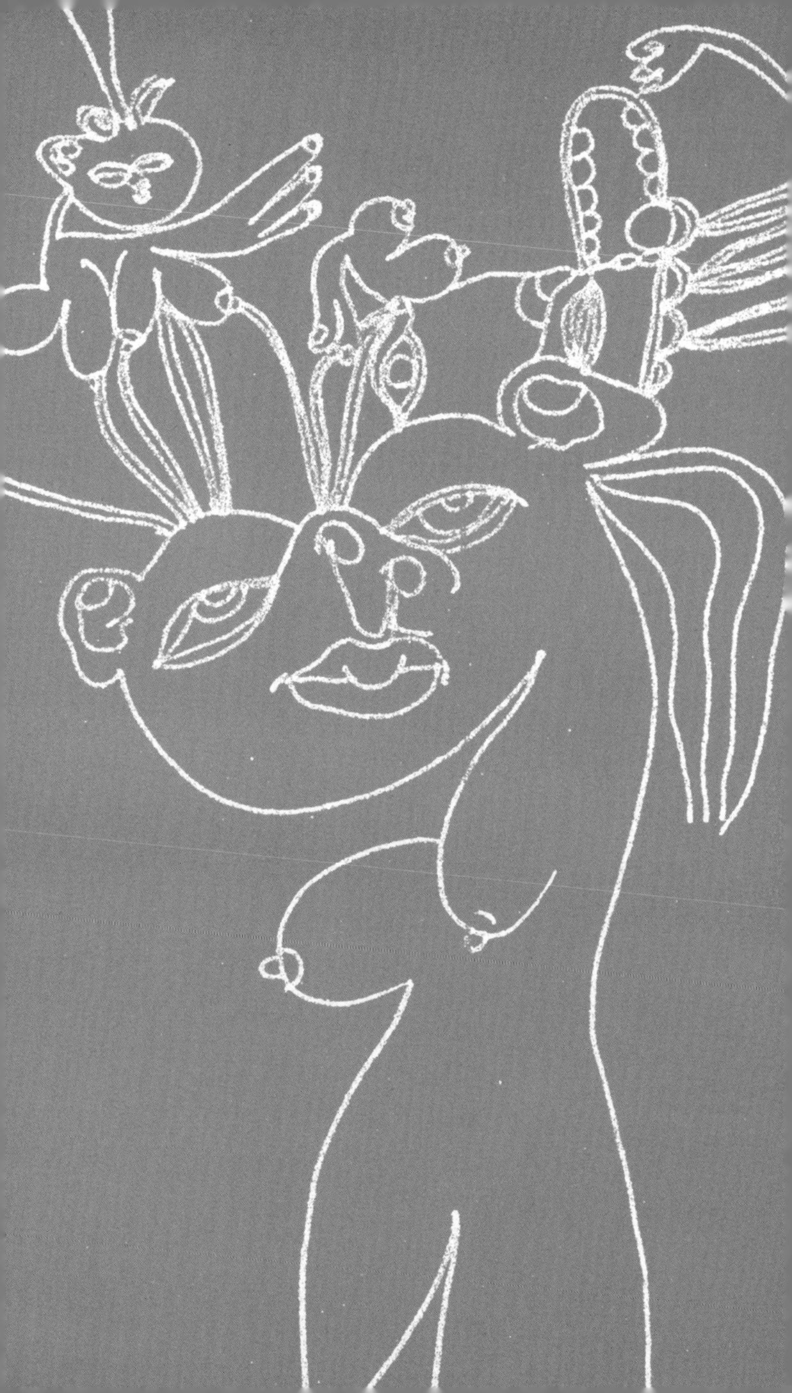

有问

你问
可不可以
石头
换小草
沙粒
换海水
风景
换风光
人民
换群众
青山
换雪山
神换
众神……

废墟

一只三千年前的鹰隼
盘旋 我荒芜的头顶
他误认为 我是两千年前的帝王

其实 我真的是两千年前的帝王
每当落日余晖时 坐在坍塌的宫殿
等待精美的大理石上 一枝枝虞美人绽放

复活

我以泥塑之躯 过河
走着走着
到了避雨的破庙
八个旧日的金刚
尚在
香火 不旺不衰
菩萨抱怨
纸钱难花
供果不新鲜

我细心擦拭
衣袂上的灰尘
胆小地观望
壁画上 瞪大的圆眼
抚触佛像
彻心的脚趾
在微微的颤抖中
我感觉到了
她巨大的悲伤……

什么雪

刚过危险的中年
你就问我
叫什么雪了
我俏皮地回答
付红雪

天色沉吟
噢 是古龙戏里
魔刀写字时
伤害了
一只乌鸦的那个侠

我紧闭干裂的嘴唇
让心血渗出来
染红马的眼睛
茫茫雪野
车辇 吱吱呀呀

屋檐滴泪 西窗含岭
雪慢慢下 我慢慢走
若是雪落一世
我能否遇到
披着兽皮冻僵的情人

坟
——给洛夫

你一直在修
一座坟茔
作为旧宅的礼物
安放自己
有时 两手春泥
一腿波浪

你平缓的五官
造就了归处
韵律
一阶阶水墨梯田
细腻的罂粟
暗香传神

慧眼 渔灯
你摇漏水的渡船
陋巷 乡音
天使 堕落
说荒发是凄草
我读背影青葱

来吧 轻叩桑梓
倦鸟柔鸣
石板刻上诗句
一行行 粒米青苔
缪斯 请君入瓮
先生拱手而来……

在人间

某日把老人家一一请回来
给神过个体体面面的生辰
令我惊愕的事发生在餐桌
西餐中餐自助餐无法定夺
川菜淮扬菜鲁菜粤菜争吵
觥筹交错是梦魇碗盘乱飞
一叠元青花摔碎了景德镇
君与臣与庶民相互不买账
为难我这好心好意的后人
最后抽签抽中辛辣的湘菜
拿起筷箸相逢一笑泯恩仇

干杯 同志同窗　情人情敌
鲜血鲜花凝成革命的友谊
前辈们一身正气两袖清风
口水诗打油歪诗朗朗上口
我泪流满面地唱人间正道
谁知酒足饭饱后形同陌路
这是上帝与佛的本质区别
跪在门口的信徒一头雾水
我默默收拾起历史的残羹
无奈送别高大沉重的背影

选择

我这款老爷车带你一起兜风
三十年后 三环依旧很冷

昆仑饭店又戴上紫色围脖
我明白他为什么向我招手

不要再上天鹅绒的大床了
年老体衰灵魂会自取其辱

雷雨

一场雷雨
一出话剧
不经意的闪电
照亮床笫
中年富人 沉吟
一个女佣 哭泣
黑白之间
凄风起处
帷幔落地……

孽债的台词
以诗句来还
男人是欲望的舞美
设计女人肉体
下面
有个孤儿悄悄出生
母亲出离
背景音乐 海誓

西装 咖啡
象征伪善
金丝边眼镜
偷窥苍生
岁月是转经筒
血缘的报应
今生一场戏
来世一场雨
雷雨……

幸福时光

我踱尽人间荒芜
静坐
美丽的天堂口
疲惫地仰望
匿藏的花窗

月光刺我多次
我仍然爱你
直到管风琴声
消逝
我痴心等来生

路遇黑色少年
在我的左腕
系上神秘的彩绳
一枚镍币
换来了幸福

三月的物象

春天 十七个瞬间
第十八个是铜像
七七 四十九天
我困于时光深处

夜晚熬鹰 白焰叼日
灰羽 鳞片 仓皇脱落
白发里长出乌发
皱纹里长出翅膀

春燕呢喃 鸡鹅小巷
褐色的府河 面沉似水
我讶异 清河道署的枯枝
绽放一枝梅花

故乡的烟火 扑鼻而来
我沉溺 恐惧的幸福
大路繁星 明眸皓月
有人以酒色之名盘查夜色……

对话

放我一马
马说
驴说
我不叫了

接下来
马和驴亲嘴
在斑驳的树影里
践踏汉语……

女巫

你脚踝
文的恶之花
乳沟
飞来
蓝蝴蝶
睫毛的雨篷
落上寒鸦

你勾引过的人
苍老了
曾经的青藤
攀援在教堂
星星草
星星泪
点缀 长夜枕畔

你给
月神画眉
你给
大海文唇
我爱你
你是女巫
还是女神……

谁想走跟在跟走
2004. CJZ

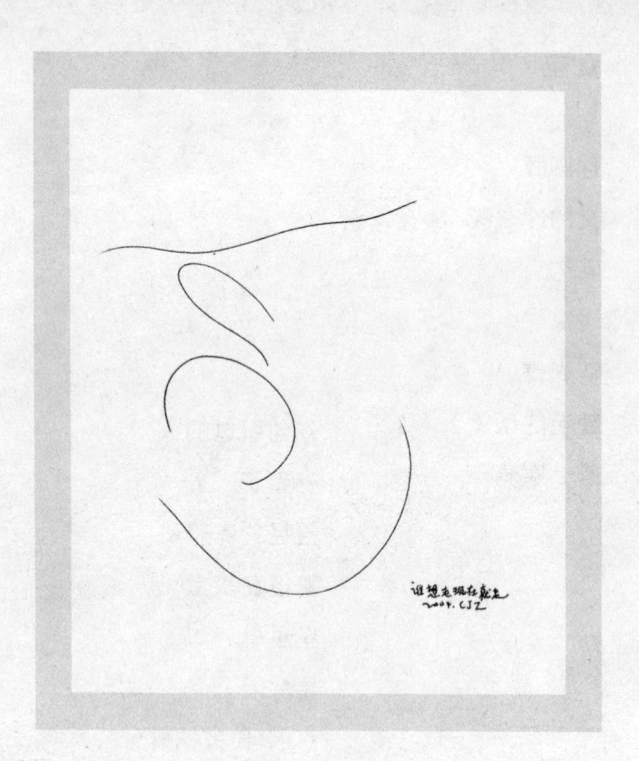

迷恋

我那么迷恋寺庙

迷恋殿顶的荒草

迷恋秋风染过的长发

迷恋僧头的戒疤

迷恋铜钟的碎片

迷恋掏出五脏六腑的肉身

迷恋七彩舍利

迷恋忽忽悠悠的纸灯笼

迷恋尼姑月色的笑脸

迷恋蝉翼的袈裟

迷恋化缘的黄雀

迷恋曼陀罗的花径

迷恋菩提树参天

迷恋石阶的苔痕

迷恋古井的寒光

迷恋南朝虔虔香客

迷恋北朝萧瑟的琴弦

每时每刻

祷告如咒

我不安地迷恋

如花似玉的仙女

髻上的金簪……

有悔

有时候因雪而足不出户
有时候因足不出户下雪
幽居在舷窗前静读远方
远方就是床前的明月光
一个女人躺在你的身旁
和躺在乌鸦点睛的旷野
最本质的区别在于桦树
前者因为落叶枝繁叶茂
后者因为落发顿生悲情

黑白的照片

她当了校长
孩子爱父亲的母校
她做了医生
一束淡开的百合
许老师早已仙逝
优雅的师母在人间
往往 陨石碎片击中
年龄最大的头颅
班长躺在廊坊的ICU
团支书流淌清泪
昨天 六十四班聚会
我的初恋二排左五
末排右一是个中锋
我已四周不踢球了
彩色手机存了很多
黑白的时间.

诗歌是我的必需品

出行时携带诗书
皮囊里斟满墨水
外套是青衫湿
我骑上一匹明月
饥餐渴饮晓行夜宿
去会千年之外
万里之遥的李白

杨柳折腰 羌笛哀怨
我真的不喜欢
蔑视诗歌的人
他们时常无视
马铃般的朗诵
举起金杯大快朵颐
谁知道酒是诗的义子

枫叶荻花 锦瑟年华
我终将死于韵律
灵魂写字 仄仄平平
长安居米 杏花飘幡
苏东坡被宋词流放
心 痛楚地窃喜
那里是诗和远方的远方……

游记

脱了秋裤
这个建筑就塌了
苏州 睡过
三千湖水
两千年的瓮城
甩下麻靴 和衣
梦入墨白相间的侯门
梁上燕 呢喃

色情的城池
缘于祸水
剑 插于虎丘
宝塔镇妖邪
几十年来去路上
我胆小如鼠
愧对丝绸女人

今夜观鱼骨
烹煮游虾
你让我第一次
失去童子身
送我一篓枇杷
碧螺春 不摘不落
瓷器 滴水开花
评弹 旧事
岁月 烟霞……

天门

一

神 创造的假象
称为风景
人 爬向天梯
天门 在上

要么 寸草不生
要么 满目疮痍
一棵 史前枯树
决眦入飞鸟

二

石头的颜色
男人的肤色
青灰 深褐 土黄
白色 是涂了脂粉

石头的表面
柔软 惬意
石头的内核
坚硬而无情

三

雪豹的来路
岩羊的归途
没有雨水 没有甘泉
流浪汉 该怎么办

一颗 女儿心
抚摸流血的脚趾
紫荆 攀援绝壁
芨芨草 风中凄凄

四

饥饿让石头
变成一块巧克力
你不赶紧吃掉
它将被亘古融化

我如何解决
一座瘦骨嶙峋的山
我无力捞起
坠落山涧的美玉

五

红尘 风化了遗骨

酸雨 淋湿脸颊

摘下你失聪的左耳

一棵棵疯长的红柳

四月流言蜚语

五月万语千言

六月流星如瀑

七月流火沸腾

六

我寻觅天门

略带 一丝丝忧伤

去年 匍匐在地狱入口

竟然 心怀窃喜

死告诉生

存在的意义

向晚意不适

驱车登古原

七

我认知的最西端
塔克拉玛干沙漠的边缘
昏黄的太阳
像靴子一样沉重落地

我提着月亮走夜路
头颅 摆放 天葬台
鹰 五更天醒来
乌云 一片片脏羽毛

八

平生最不喜欢
石头的缄默
无道隐者 故作玄虚
巫师 卖弄腹语

泥菩萨 冷若冰川
取经的和尚 口若悬河
我清晰地分辨
摩诘 肉身的字体

九

绕道 喀拉昆仑
一座山 一座坟茔
传说中的英雄冢
深埋于干涸的血缘

遇到一只盘旋的老鸹
遇到一对善良的夫妇
遇到迷路的山鬼
告诉我 父亲在天堂

十

会当凌绝顶
一览众山小
我登上了圣地
不敢轻叩天门

我知道 尘世难容
一颗卑微而伟大的心脏
穿越真理的圣徒
背负着千载的骂名……

职业诗人

想以此为职业
诗歌换酒喝
可怜店小二
作揖　陪笑
断了我
大醉一场的念头
好在　流浪可以醉人
麦芒果腹
铁轨闪烁　月色寒光
我的破行囊
背着兰波
故地重游

青山寨　绿谷村
官人因我的名刺
待我不薄
水酒辣菜
红颜相伴
诗人想入非非
良家妇不娶
戏子不嫁
我独上青楼
宽衣解带
庭榭燕　桃花雨
哪有三生三世
一夜潋滟的春梦
我换得了
一只讨饭的玉碗 ……

恐惧

我怕
嗡嗡的蜜蜂
抱做一团
一群饥饿的蚂蚁
集会

男人
粗壮的臂弯
文上蜥蜴
女人枯萎的玉手
戴满戒指

我也怕
遇到一只
沉默的羔羊
受伤的鹰隼
落单的企鹅

我会不会
变成一只
孤独的老虎
恐怖地咀嚼
人类的恐怖

你好 之华

这一生 我又扑空了
只见一地羽毛
扑楞楞的鸟
关在白色笼子里
妈妈去哪儿了
她是我一直找
找又找不到的初恋

初恋长大到婚姻
灵魂生下了孩子
写了无数封信札
邮箱已锈死多年
你怎么收到的呢
忧郁的天空之城
信鸽是一道粤菜

我们遭遇那一次
奋不顾身的爱情
家庭租到了老房
养着黄金和珠宝
两条纯种看家狗
我牵着一条走到回忆
你牵着一条走向忘记

我从
这个世界
经过

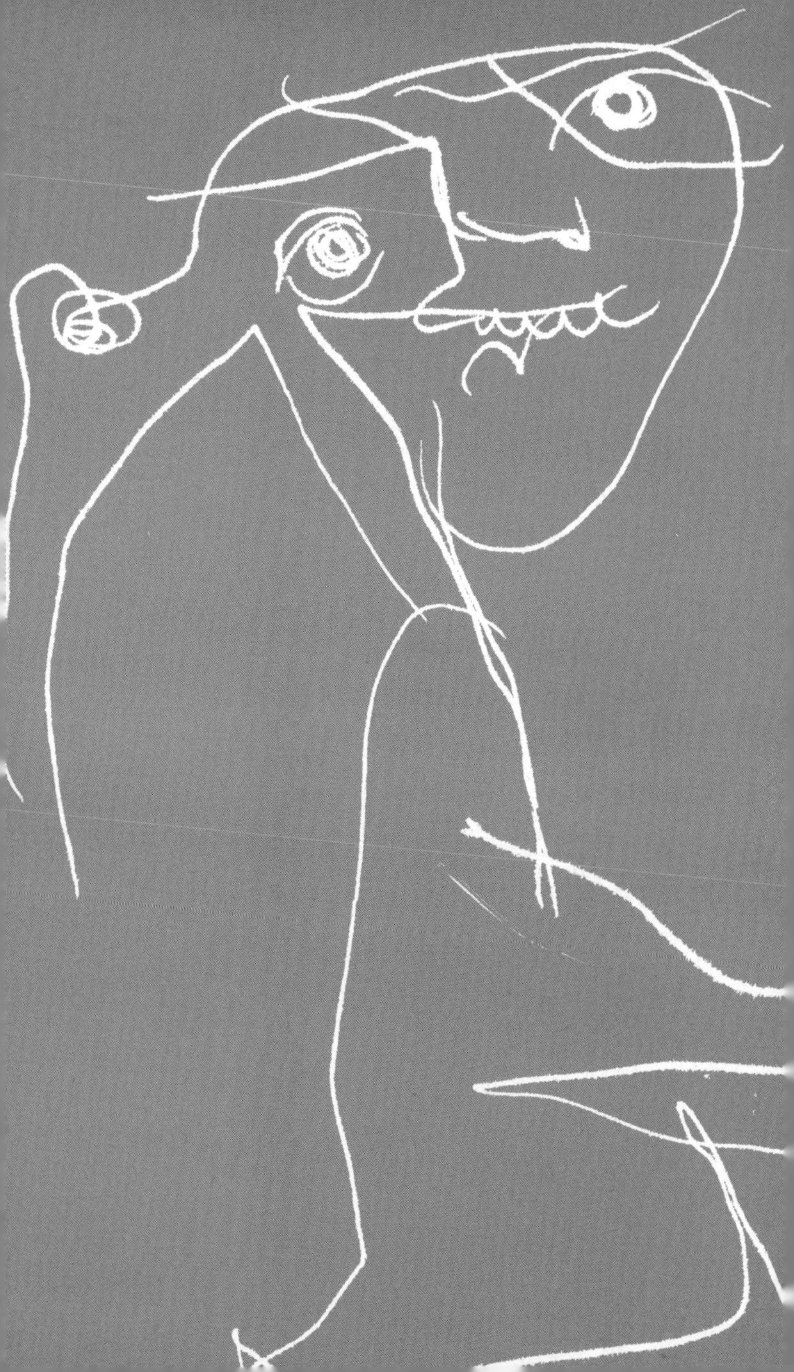

中国病人

一

这几日梦呓
我一会儿是人
一会儿是鸟儿

竹影婆娑
我和鸟儿媾合
生下逆子 翅膀透明

二

是夜 盗精盗汗
我回到欲望青春
跪求初恋的人

索要信物 情书
她让我归还那件
织了三十年的毛衣

三

灯火阑珊 泪水如注
我赤裸中年
无愧无羞

冷月 暖阳
贪婪地亲吻灵魂
我无所适从

四

枝头 挂满黄丝带
花蕾 不愿绽放
二月 胎死腹中

我是喜欢不停做爱的人
痛苦的呻吟
色空 色空

五

早餐 是去年的白果

前年的苁蓉

一个砸疼头颅的苹果

佐料是骨灰

饮料是番茄的血液

我一饮而尽

六

迷人的猫 蹲在墙头

她穿着睡衣

喵喵叫我的乳名

响彻旧日的云霄

熟悉的戏子在围观

亲人躲在阴影

七

老男人舞起桃木剑

老妖精比划太极拳

我眼里满是荒淫

无论白天黑夜

我凭床上的武功

养成杀人的习惯

八

我住进爷爷的坟茔

他是义和团员

刀枪不入 百毒不侵

碑上镌刻的经文

是家族的荣耀

但我从不会说谎

九

十年生死两茫茫

爸爸拒绝见我

一个好病人

药补不如食补

食补不如人补

爱人是一剂黑色罂粟

十

一座千年古刹救了我

庙堂蒿草凄凄

我在肉体里剃度

英雄死于枯木逢春

美人抖抖宽大的蝠袖

遁入滚滚江湖

有一回

有一回
老妈妈
缝衣裳
让我 认针

　　　　　　　透过 针眼
　　　　　　　我看到暮日下
　　　　　　　一只大象
　　　　　　　缓缓走过
　　　　　　　不远处
　　　　　　　长裙的少女
　　　　　　　向我招手
　　　　　　　一缕阳光
　　　　　　　一缕金线
　　　　　　　她是我
　　　　　　　未来的妻子……

　　　　　　　妈妈呵
　　　　　　　是神
　　　　　　　她有意无意
　　　　　　　向我
　　　　　　　泄露天机

为什么我们每次相遇都在床上

为什么每次相遇
都在广阔的床上
野花盛开的原野
我背依黛色远山
你头枕蓝色坟茔
透过月亮的窗户
美丽动人的狐仙
倾听春泥的私语
今夜气若幽兰
春潮连海平
花儿自由开放
我以为虫鸣是虫鸣
一次次的偷情
唯有心灵知晓
肉体不知道
骨头不知道

你飘扬着乱发
你纤纤玉指的银环
空中狡黠的星星

一盏盏道德的灰灯

枯枝头蹲着夜莺

草尖落满眼睛

我们伟大的爱情

终于大白于天下

两个老灵魂坐在空椅

接受野百合的审判

湖畔跪满了亲人

他们泪眼滚动露珠

最后我们的罪过

是紫藤花的绞刑

爱人们必须

在五更死去

然后苦苦等待

一朵朵祥云焚化

这是最残酷的告别

了结茫茫人海中

一场虚伪的幸福

良宵

良宵夜没有星斗
美景漆黑一片
我在草窠完成初夜
一把羞臊的艳火
烧了痛苦的呻吟
一只满脸通红的猴子
和小小鸟恋爱了
这样的风马牛不相及
始于人类文明的进化
白羽毛飞上了天
有臂膀的男人
和有翅膀的女人
因欲望落入俗套……

沙尘

我只是

看不惯

你穿上大裤衩

太性感

撩一棒黄沙

迷了

春天的眼

谁知

孩儿们

误读

京城是楼兰

不要打扫

厚厚的沙尘

麦粒

种在东三环

挖一口井

浇灌福田

马铃声声

野骆驼 奶甜

抱歉

我本深爱

一寸寸蓝天

悲观的先生

一 萝卜先生

庆幸 你醒了

用一只眼看我

用大脑的一侧

回忆往事

你摔倒了

还能躺在床上

让嫂子擦泪

一日三餐

打碎的五谷

我用筷头蘸酒

让你吸吮

你依然记得

外遇的丑女人

每次陪你

享受户外阳光

轮椅太重了

我推不动

你剩下的时间

二 董先生

你的眼睛

是鹰眼

鹰勾鼻

头发蓬乱

灰色羽毛

你不是好人

你不是坏人

你是隼

上海的婚礼

听到你死了

我拼了命

赶漫漫夜路

如果黎明

不见你

最后一面

我于心不安

保定的葬礼

看到你静卧

菊花丛中

你的英俊

留给这世界

最复杂的遗像

三 尹先生

三哥是我见过

最好的信贷员

他把储户的钱

贷给狐朋狗友

三哥进了省监狱

三嫂跟别人跑了

瘦弱的小小子

变成奶奶的孤儿

三哥烤羊肉串

三哥干过保安

三哥泡在酒里

一直到拄上拐

我让大姐捎点钱

三哥 电话里骂

"我过不下去了

让你可怜……"

四 某先生

我的性启蒙者
是某同学
绿军挎
藏着《少女之心》
一把小菜刀
为女孩儿
闹革命
在八路车站
砍了一个
后来的警察

他娶了个美女
生了个小美女
小美女
生了个
小小美女……

某先生
大脑壳
锃亮锃亮
我至今
还感激
他高考前
为我手抄
《一双绣花鞋》

自由身

贵人 上下打量我
三十秒后
伸手摘下
我头顶的草标
拍一拍 浮土
捏一捏 我的肌肉
张开嘴巴
数了数 我的牙齿
会心一笑

自由了
他一手牵马
一手牵着我
去人烟稀少的理想国……

我老了也会哭泣

尘世的海

不止 一叶孤舟

桨橹

记忆的拐杖

枯藤下

我听老去的爱人

朗朗的笑声

这辈子

骨头和石头筑城

我住过

漏雨的房子

飘摇的家门

挂满风铃

我久久地等待

余生到访的客人

今生抵达

留白 给天

留空 给心

孤寂是静美

我与冷冷的月亮

促膝长谈

在自己的长河

下落不明

我老了

也会哭泣

为了一本

朗朗上口的《圣经》

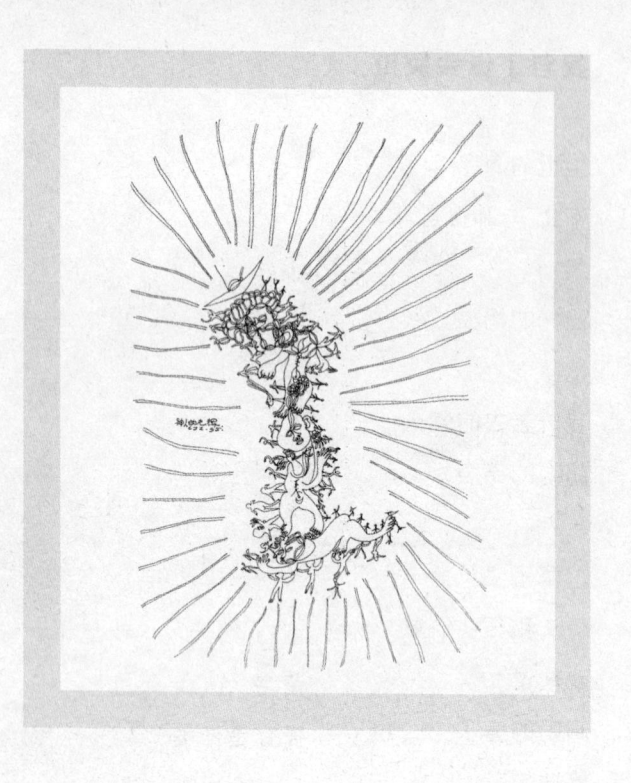

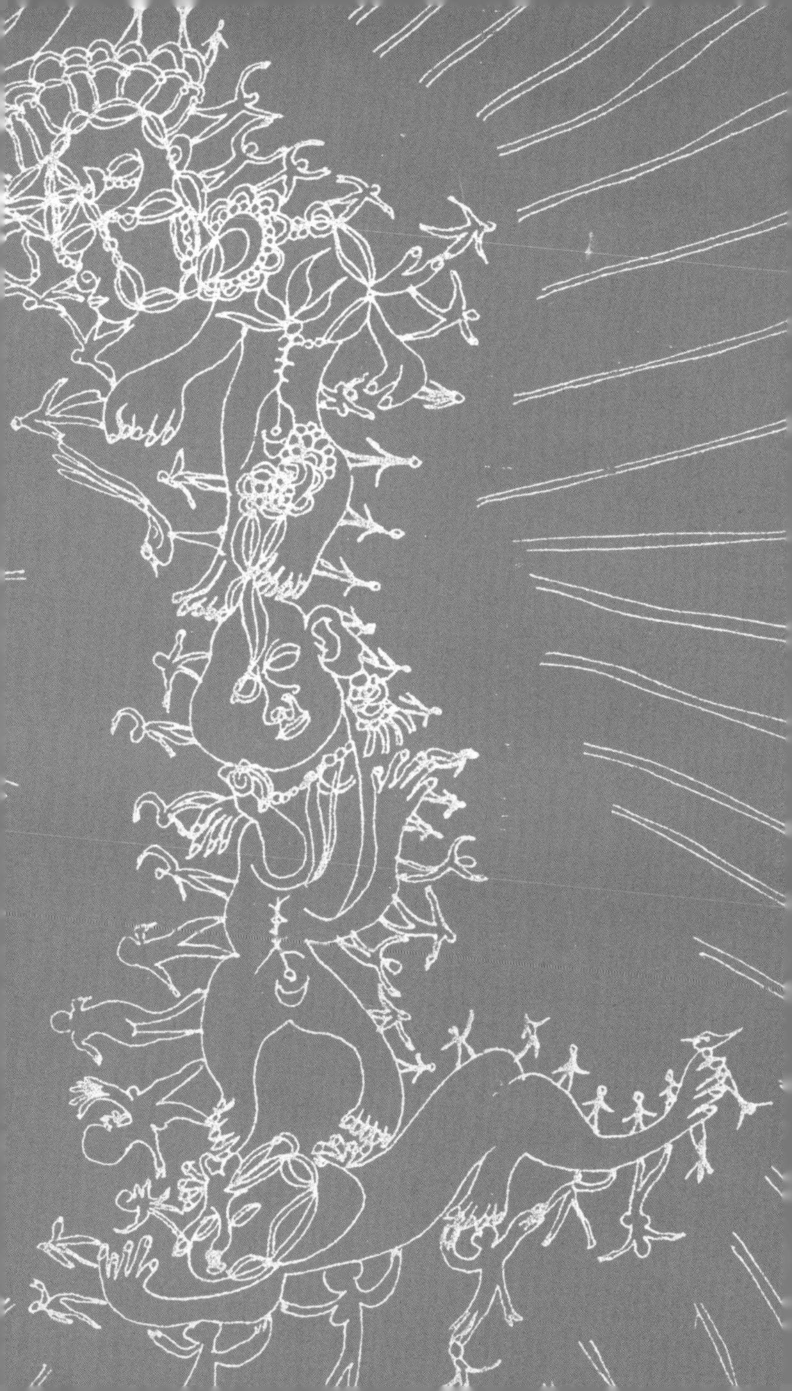

冬天里的闲话

你在凿冰
从我眼神 垂钓
一尾桃花鱼

无情人 终成眷恋
而身后的老饕
备好汤匙

美酒尚温 商女犹存
结义三兄弟
口流怪涎

戏里戏外 夜色沉吟
水袖 掩映寒山
朱门失色

苍天 为卿落雪
莽莽猎场
丧家之犬 追逐麋鹿

巨人的胯下
一匹白驹过隙
践踏历史

恐惧的风景

我和蒙克聊天

顿生诡异极光

桥上的瘦男人

瞪眼双手捂头

一只天鹅凫过

荡漾轻浮之笑

油画冷雨冷色

呆坐海德公园

绿苔的长椅

贵妇的弯臂

日暮苍山远

榉木无奈倒卧

天空飘来笑靥

故乡黑雪已至……

小偷　老吴

祖师爷

赏口饭

吃了一辈子

五十三年前　　　　人世间的小偷

我认识了老吴　　　大抵如此

偷钱

偷情

好手艺　　　　　　偷心

也得偷

入这一行

禁忌　　　　　　　老吴的父母

拜佛烧香　　　　　去路不明

老吴的老婆

来路不明

老吴　老了

老吴

偷不动了

就依靠

偷来的孩子

养活自己……

小雪

小雪洁白的名字属于你的初雪
宁静的枯叶死得其所美丽凄然
迷茫的归途遇到了神祇的触动
我知道了在人间我永世的眷恋
雪藏的青山往事汇入涓涓溪水
我的血液在尘封的心缓缓流淌
树腹中冬眠的棕熊温暖地打鼾
依着客舍窗户远眺春天的酒幡
我幻想飞鸟离巢寻求自由真爱
妩媚白狐嗅着朵朵磷火的芬芳
漫天风雪中你独舞的生死浪漫
我拥吻寒冷彻骨的骄傲的梅花
乘着吱呀的车辇听孤独的乌鸦
我在荒原静候永不腐烂的雪花

柔软

抱起柔软
走向床笫
婚姻内
需要有一句
外交辞令

至于 偷情
偷不到的语言
永远太远
只愿一生
借你一晚

向青春讨饭
在中秋义演
赤裸的胴体
暮色的灵魂
深藏隔世玄机

柔软的金子
如女人的心
柔情蜜意
多么柔软
她也是物质……

语境

鸟儿
带地方口音
山南海北
不同韵

花 开内心
繁衍体外
涂抹浓浓的脂粉
戏子莺啼
百转千回
母语
是一壶醇醪

床榻之侧
白菊 羞答答
吴侬软语
风 轻手推窗
无意的触碰
打开了
最美的天眼……

鸳鸯莲花纹金碗

池塘
那一对
野鸳鸯
镶嵌于
金碗之上

大人
不以棒打
捧在手心
恩赐
冷酒暖茶

莲花文身
清漪苦笑
我的爱是
出土文物
金光闪闪

（陕西省博物馆的珍宝）

白马寺

第一回
去白马寺
吃的素 敲个钟
喝了碗白水
就醉醺醺出来了
念经的声音
一直追逐
我的马尾巴

今天
我骑上春天的列车
遥想白马寺
风 熏黑了 碑幢
旧庙为香火重生
无情的时光
豢养了一匹匹
白马非马……

水粉夜

习惯微风
把月光吹成皱纹
我袭于
清凉之上

苦涩作舟
一杯水漾年华
音乐为徐娘
画浅蓝色的酒窝

后海在背后
窃窃私语
虚假的远山
瘦骨嶙峋

我藏在爱人
灰色的水袖
让她抖落
一年年辽远的清愁

尊严

我铁打的火烧的脚掌 你说是马掌
我脸上的刀疤 你说是悲喜的雪线
圣湖里的倒影 你说是万年小水怪
你捏捏行囊 说这里面装满了荒唐
为了虚荣我匍匐千里 让佛手摸顶
掸掸身上绒毛 把我淹没在云海中
你一再暗示我 吹亮黑牦牛的号角
我痛苦地把绵羊 赶上慕士塔格峰
如果 神祇是人间帝王庸俗的圣旨
膜拜之意被你看透 唯有选择回头

乱象

手串 八仙过海
脖颈 晃荡
关羽的头颅
美女白皙的乳沟
深深匿藏
羊脂的菩萨

     玉店的主人 方方
     她的小女儿
     尖尖 拿出了
     山料 说是籽料
     还有 山流水呢
     就是山峦
     在太阳下
     化成泪水 流走了

     我坐于新疆
     两小时的时差
     寻不到一块
     有硬度的石头
     这丛生乱象
     发生在偶像的黄昏

逝者

刘老师
拽着紫缰不让下马
怕我去永救寺学偷情
飒露紫 卷毛狐 白蹄乌
踏着昏昏沉沉的燥日
三个儿子胯下生烟
一爿羊汤小店
瞥见一丝风尘
一碗滚烫的盐池水
一位行者的夏天
琉璃塔 塔琉璃
铁佛头 佛头铁
铁牛拴不住黄河
山西向北而哭泣
从东周走到明朝
洪洞的大槐树已死
我不能歇脚……

老门童

说好
你发迹了
不必
想着我

若干年后
坤坤大酒店
站在
城市之巅

前呼后拥
珠光宝气的
贵妇人
是你吗

瑟瑟寒风中
白发苍苍的
老门童
是我……

我从
这个世界
经过

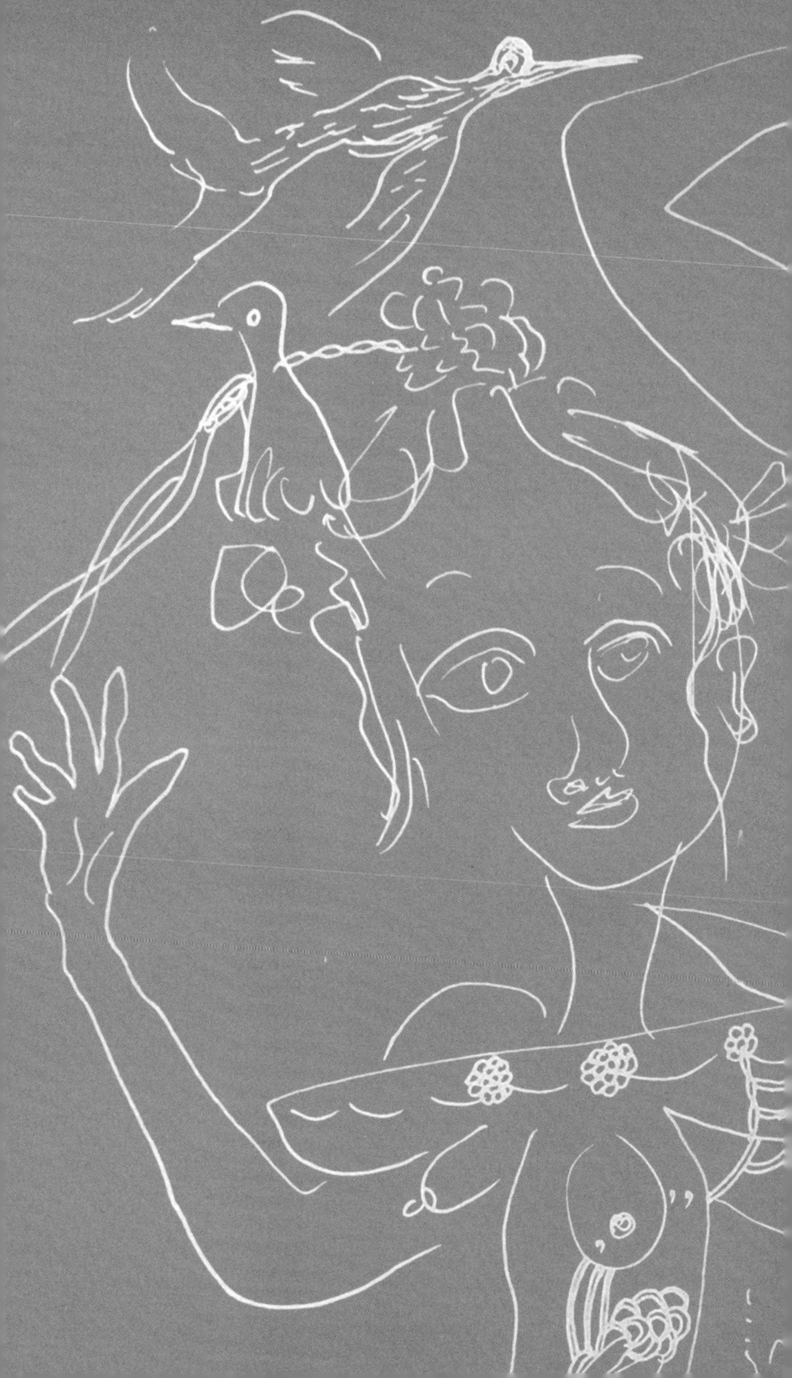

冬日

我从西到东横贯这座神秘的城市
她从南到北飞越这么恼人的秋风
我们相约穿上东北偏北的大裤衩
然后睡冷暖自知的文华酒店大床
寻欢开始一定到陋巷里忆苦思甜
饕餮结束在白色钢琴旁弹下午茶
一曲水边的阿狄丽娜我浮想联翩
两只圣桑的天鹅让她踮起了指尖
她说秋天太狠没有留下一粒果实
我答香山的红叶都是手工的蜡染
有趣的谈话自四点五点渐入高潮

她的皮肤在灯光下闪烁美丽光芒
我有意无意挑起内衣乳罩的话题
她轻描淡写地念着波伏娃的情诗
我在瓷碗里捞着阳光记忆的斑影
她透过红酒杯品味残月下的往夕
其间妻子无数次给我点赞发红包
她前夫莫名其妙地找旧居的钥匙
我坦白我的第七个私生子生病了
她欠身离开露出蒙娜丽莎的微笑
电话里反复嘱咐开的房间不要退
为了纪念调情一直留到明年春天

情人

一起赴雪
掩埋来时的履痕
红梅
孤芳 不自赏

我喜欢
记忆的冷静
一个蓑衣老人
难得 邂逅余生

雪野 向晴
踱出来的鹧鸪
缓缓 扇动
薄情的纸羽

我的老情人
会坐化
在无尽的庙宇
凝视观音……

平安

平安是间大房子
我们化好妆
浅吟 低唱

你身着礼服
搀扶 白胡子先生
我挽起 老爱人

镂空 几盏南瓜灯
剪温暖的纸花
贴在八音盒上

壁炉 吻火
映衬 一张张
羞涩的脸庞

雪 一片片燃烧
爱让孩子
变成了天使

上帝用心良苦
有了节日
世界才没有末日

苏巴什佛寺

听说

玄奘在苏巴什

我就上了路

紧赶慢赶

还是撞见了

一堆辉煌的废墟

袈裟 聚成了云

经书 散成了风

梵字 一瓣瓣地摔碎

在粗砺的沙土里

伟大的寺庙

虔心的蚂蚁

坏土的颓墙
残留的命门
藏经阁的窗子
孤独的眼睛 失火了
水 拯救众生
河流绕过寺院
一千四百年

我来来回回
从东汉到大唐
从东土到西域
朗朗超度
蘑菇云
是行者的油纸伞
丑骆驼是灰船帆
舍利盒呢

佛 缘自皇天后土
埋葬于茫茫黄沙
土下的塔基
土上的塔尖
一根硬骨头
支撑天地
红柳 悄然盛开
浅色的粉花……

忘年

小崔哥说
活二百岁
才能够死
这是底线
最激动人心的是
每周做二次高质量的爱
借此把情愫之外的事
整得明明白白

那是3068年
圣诞后的第一个礼拜日
我问候了
天下所有的墓地
给李月 徐华献了花
给扎西浇灌一瓶茅台
我擦干眼泪
去赴一场伤心的夜宴

我唯一的性伴侣
一百八十八岁
她皮肤白皙头发乌黑
相识于百年孤独
经历了无数次霍乱
她丰满的胸部
佩戴一串串小珍珠
是第四代孩子的骸骨

国贸已成为大教堂
咖啡馆的檀香椅子
坐满了美丽的幽灵
绵长音乐长满蒿草
廊桥遗梦浅吟轻唱
我们一坐又是十年
默默等待红衣主教
拄着时间蹒跚而来……

陪火车去了一趟南京

验名肉身
是国家的规矩
不要与安检员怄气
错过了天津卫
煎饼馃子
路过德州界
会遇到
一只扒鸡

夜宴
大报恩寺
喝 今世缘分
为了报恩
煮 横行乡里的螃蟹
兄弟们发誓
不让一只鸭子
飞出金陵

小玉人吹箫

饱暖思淫欲

秦淮十里无怨妇

我体内

却悄悄住下

一个风骚女

佛骨的光芒呵

照亮了谦谦君子……

睡前诗

雨雪混淆 云雾混淆
明前茶 雨前茶
缝一只 布茶枕
我躺着芳香入睡
蜜蜂 蜂鸟我分不清
蝴蝶 蜻蜓我看不清
西施笑东施
青衣 花旦 在我的胸襟
哭湿了 一片云朵
我触碰我 最爱的身体
我抚摸我 最烦的身体
肉眼肉身 体会不了的爱
凡夫俗子 做不完的恶梦
睡前的骚诗
醒来的骊歌

冰山上的来客

飞石只会击中
肉体凡胎
我姓石
我和天山
是一个家族

骆驼草 抓紧戈壁
世界最后一滴水
是最初的眼泪
不死的胡杨
三千年的痴情树

假古兰丹姆
比真古兰丹姆窈窕
她在干渴的村庄跳舞
我到了 遇见美女
走不动路的年龄
宁愿 在托木尔峰
一命呜呼……

囚

除非阳光是绳索
视线有栅栏
火柿子和山楂
一树衰风景

我不会在教堂
分娩婚姻的孩子
一串惊喜一串水果
我品尝一场风花

为一坛美酒 囚禁粮食
为一蠹歌舍 囚禁赞美
为天下雪白无瑕
囚禁与真理一般黑的乌鸦

电梯里

那天在电梯里

遇到一个老女人

在圆镜里画眉

另一个小女人朗诵

贴在壁上的留言

大概是劝狗儿

不要随便尿尿

一个肮脏的老头

色眼迷离

他手里夹着一支

劣质的香烟

邻居们嘻嘻哈哈

谈论国家的天气

我晃悠的大脑袋

像黑色的垃圾袋

装满从顶层到底层

支离破碎的心事……

我从
这个世界
经过

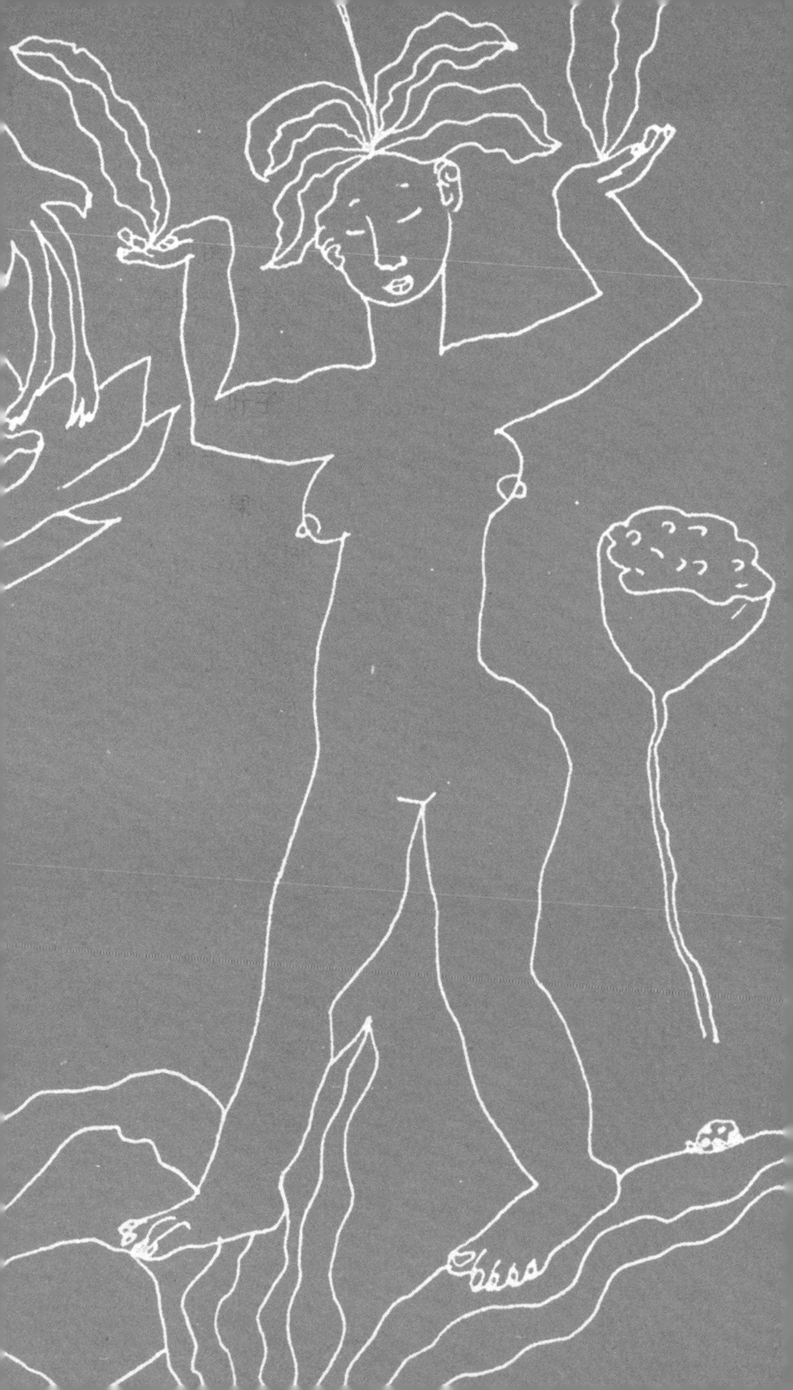

画扇

一
剃度了
才能画佛

画
有量寿佛

二
扇面
涂金粉

刺心经
字字珠玑

三
净水沐手
檀香焚心

青灯黄日
湘妃泪痕

四
折叠起来
是出世

打开自己
是入世

五
折来折去
金风玉露

轻轻摇晃
小楷字落了一地

六
拾起来
江山

收不回
江水

七
扇骨
有骨

不是
媚骨

八
梅花有蕊
桃花有瓣

沁园春
雪 是花冢

伤者

在家呆久了
就想哭
一个人
去大街上走走
走着走着
就哭了

我感受冬天的冷
春天的孤独
我再也不在诗歌里
写死亡了
我惧怕
真实的死亡……

韩熙载夜宴

以最大尺度 宽容
人非草木
无情即无过
世上哪有 人情秤

      隔屏有耳

      一场花酒 能断

      你的身家性命

      食草者

      色戒

      豪门夜宴

      笑里揣刀

      我绵里藏针

      觥筹交错

      王

      笃定 弦外之音

      客随主便

      烛光斧影

      醉里挑灯看剑

      鸡犬升天时

      冥币生紫烟……

我喂养的紫色鸽子

我亲手养大
一对紫色跟头鸽
父亲 为了我上学
送给二宝玩
这小子 开了大荤
饥饿的小巷
飘过酒糟的味道
翎子浮出天际
我泪流如雨……

四十年后 我们遭遇
肮脏的小酒馆
他邋遢而落魄
我依然满腔怒火
碰了一次杯
吃了两口菜
我的牙齿咬碎时光
咽到大海的肚子里

目睹

如果不是目睹
生命之乡
寂寞的绿
终会枯黄

我仍不相信
自然赐恩
天长地久
善有愧报

拧干汗水
给城市一把团扇
不如吹一口秋风
月光如银

我有意回避
路口的纸火
让伤感的心
遍插茱萸

最后一朵玫瑰
夏日的遗照
秋水伊人
候鸟不归

世界的尽头
没你的消息
为此 我一次次
推迟今生……

文化课

地理之冷

五月还需壁炉

烘烤历史

阴暗的城堡

住着 冷雕像

政治

是一艘海盗船

维京人的谜语

艺术课

挂在褐色的墙

单调的色板

据说体育课

在坚硬的床上

学生餐厅里

瑞典肉丸

法国蜗牛 挪威金枪

酒瓶的底部

我注视

化妆的美女

我一直想

书里插配

蒙克的呐喊

由于天性愚笨

舌头的彷徨

我只会用

保定普通话

无可奈何

与村上春树对话

在挪威的森林

以东方人的思维

肆意地装……

行者漫记

一 友谊关
友谊
是有关口的

五 相逢
水晶棺遇到水晶棺
相逢一笑泯恩仇

二 谅山
山
不求谅解

六 节日
三月三 一个节日
同化了两个国家

三 河内
历史的河内
弱水三千

四 老街
和平与战争
讨价还价

剃度

雪天
没戴草帽
须发
染了灰白
我一直怀有
剃头的冲动
我父亲
五十岁留光头
清爽 败火
不用人间的梳子

                        妻子
                        百般阻挠
                        女儿
                        咯咯笑
                        我只好
                        退到海阔天空
                        不做和尚
                        也罢
                        在内心
                        剃度

错

每一天 娶你一次
我迎亲的仪式
弯腰 背负影子
错 缘于午餐
我一个媚眼
被认出是偷情

野花 开一百次
方能掩盖心迹
这辈子打的结
一直缠绕到死
爱 只讲原罪
族群不会赦免
八十大板之后
岳父岳母 怒气未消……

发配吧
沧州 哪有野猪林

冷

我的小狗

舔着雪

我捧起的雪

爱人的骨灰

冷 我喜欢

干净而无情

荒月 点亮

一只白狐

一匹白马

喘着粗气

寒夜

乘起车辇

天地之间

不容彩色

枝头的乌鸦

变成公主

这彻骨的冷幽默

来自灰姑娘……

马踏飞燕

绒毛细雨织就褐色秋意
兄长 拄剑 立于雷台
四妹的纸伞 云翳 一抹红妆
我合抱绿化树 呆若木鸡

小心翼翼 脚下踩着张将军
垂死的飞燕支撑青铜骏马
废墟里 孤枕 流下一行瓷泪
我仰望 河西走廊做旧的天穹……

干净

你无邪的眼睛盯住我
俯身捡拾泥土的野果
落叶砸痛了我的头颅
枯木洗白自己的双手

一把叉子掉到地毯上
一片面包落到餐桌上
一粒米饭粘在嘴角上
侍者递给一张湿纸巾

干净的呵护在于关注
洁癖的爱情歇斯底里
掬一捧清水洗涤倦容
戴上口罩可抵御霭气

其实龌龊存在于现实
肺腑之言难过的倾诉
我一直找纯洁的借口
和肮脏活下去的理由

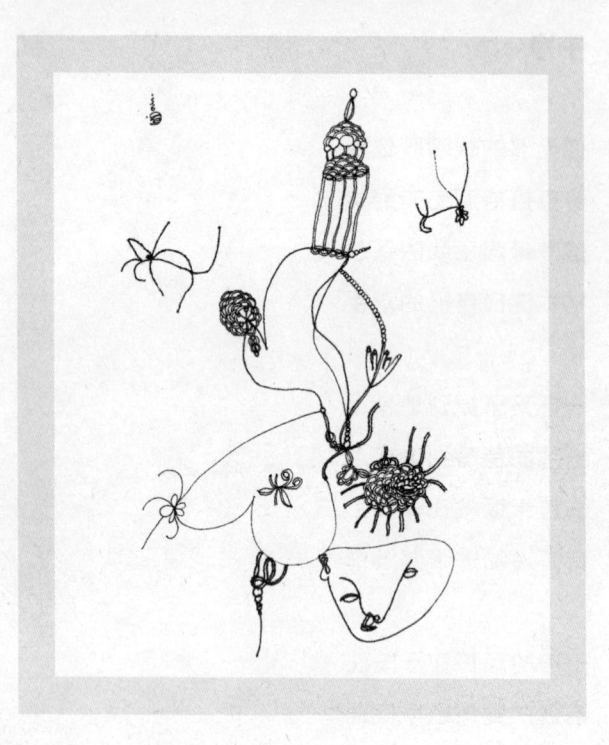

我从
这个世界
经过

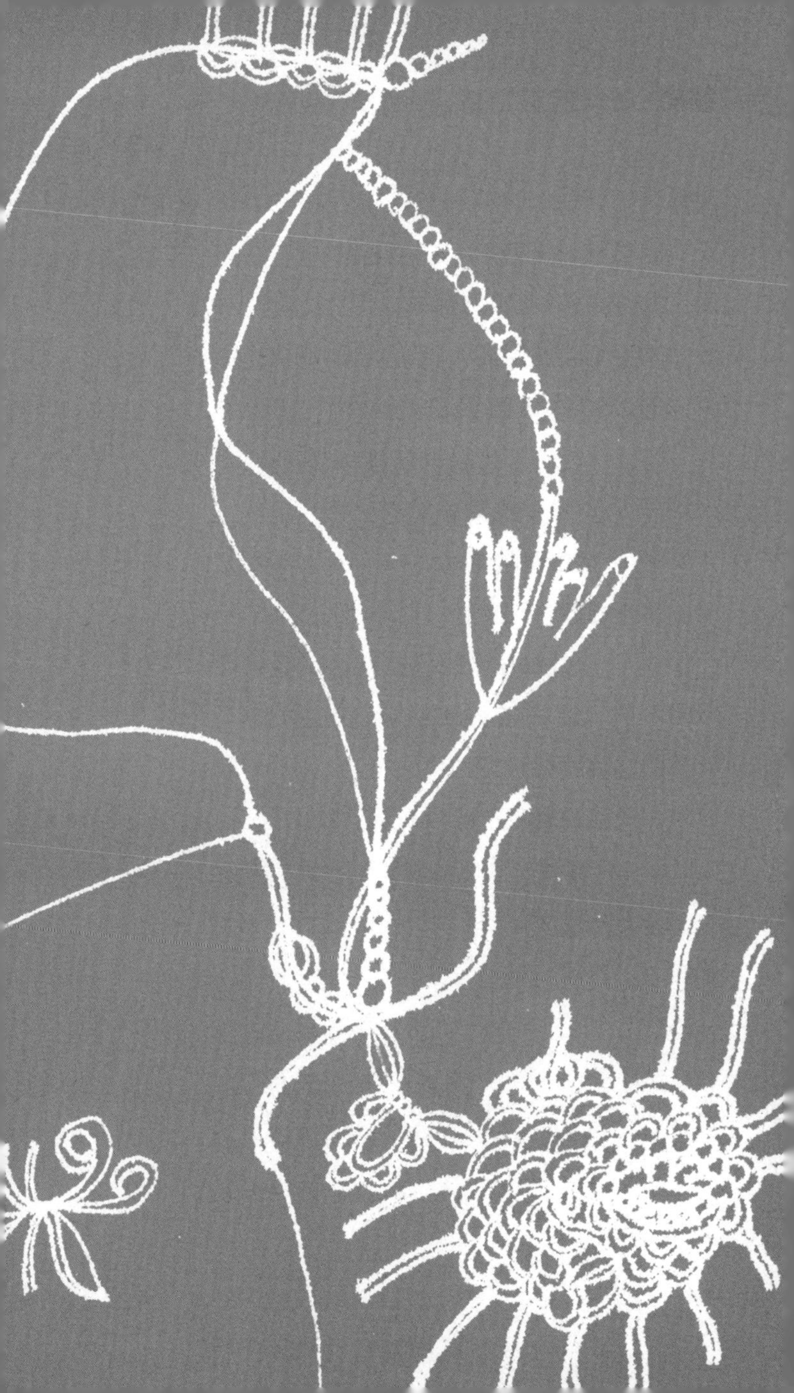

感谢 上天不杀之恩

我遇到
一只花盆从云中坠落
溅了遍地绿色
一颗彗星划过脑际
美梦的碎片 葬在陨石坑……

一粒子弹 擦着我的耳垂
一支令箭 射中我的影子
一架飞机 撞击仓皇的飞鸟
一辆赛车 疯狂碾压我的足迹
一句流言 刺激我的灵魂
一场病痛 让我此生顿悟
这是上天的慈悯
让我躲避了悲剧

感谢 上天不杀之恩

贵妇

家谱 是琴谱
你在弦上出生

探春的青丝
闺中的女红

披薄纱衣
独上寒楼

烛光漾笑影
铜镜锈姿容

描一描柳叶眉
拭一拭桃花眼

穿上金帛鞋
踩踩时间……

三月

三月最无聊

卧入美人榻

我肚子里

咕咕 乱响

牛 马 哭诉

悲情的声线

一直拉长

到半夜鸡叫

贪吃的孽缘

枯骨暴于野

灵长 上门评理

老饕 笑不露齿

脖子上挂着

红山灰玉管

像烧烤了一串

山羊的阳具……

我从河内回来

我从河内回来
深情款款
老婆成了
摩托车后座
戴头盔的情人

轰隆隆 轰隆隆
震破了耳鼓
法桐树浓荫
榴莲的脑袋
老街上滚动

三十年河东
怀念
二十年河西
五十岁
与旧时光结怨

开足马力
驶向黑暗
胡志明在我背后
伸出食指
做枪击的姿势……

开了一个评弹会

无风 无雨 无阳光
天色浅灰而麻木
旧厅堂烛光如豆
牡丹亭 暗香幽浮
一曲评弹 提了神
免得我会上睡觉
阖闾勾践 河边会晤
范蠡西施 闺中调情
一叶扁舟太湖迷路
我垂涎的美女如云

这碗阳春面吃不得
宗教有难言之隐
我怎敢一滴酒穿肠
剥橘子枇杷喝秋茶
坏思想草长莺飞
开东阁门 住西阁床
薄情掏空我的身体
年老色衰的平江路
小尼姑横行庵里庵外
戏子穿上锦缎的旗袍……

巷

窄小 湿气 拥挤
花白的头发
长出屋顶
蒿草 摇曳凄风

孤独的童年
延伸到老树
菩提子 是苦果
眼睛 饿成了
蓝天的颜色

      青砖缝 泛出盐碱
      少年骑墙 眺望 深宅
      你是我
      青梅竹马的好姑娘

      我天生忧郁
      读贫穷的诗歌
      流泪的时候
      每一个巷口
      都是我的伤口……

节日的病

我一个人
川流不息
沉迷节日
戴着一团帽子
皮鞋一顶
丝巾一片
羊绒衫一两
裤子一斤
西装一双
眼镜一朵
酒 叫一江春水
行走叫飞
我闯错了家门
烹饪了一桌餐具
给晚辈虔诚拜年
蔑视祖宗的牌位
沐香焚浴
念吉檀枷利
我见泥胎就跪
遇凡人无语

我视黄金如金黄
我视美女如美人
我视戏子如贵胄
我视粪土如沉香
拄着拐杖
半截扎枪
在荒凉的城市
寻找风车
废墟之上
垃圾飘扬
我与亲爱的狗
互诉衷肠……

情书

我老了
不是一个人老
我身体内藏的徐娘
也老了
空椅
聊 天若有情

印象中
她面对镜子
一直到铜梳生锈
发髻如花
开放烛台

为幸福化妆
擦拭鱼尾纹
给昏沉的旧居
洗脸
穿上
今天的新衣裳

一起去
跳广场舞么
一碗热姜汤
生离死别的冷酒
一封迟迟的情书
日暮途穷时寄出……

棋

悔棋的人
不情愿
卒子过河
架起
红衣大炮

眼睁睁
看汗血宝马
折断了腿
幻觉的大象
飞来飞去

車 目露凶光
伟大的元帅
正襟危坐
我是他身边
惶恐不安的
道德谋士

冬至

冬至这一天
冻透了骨头
京城的庙
被寒冷的风
吹掉
硕大的帽子

雪下面
是青色废墟
凿几幢
奇丽的冰雕
送给
永无居所的雪人

我愿意
给鸟儿撒一把米粒
让流浪汉
老有所依
迷茫的狗儿
带乡村路回家

这世界
有的人比我更冷
他需要棉衣
柴火和热饭
他需要
怜悯的泪水……

悼东京老刘

你裸露枯黄的身体泡温泉
男人 在水一方
雾气缭绕 暗香难燃
一串沉水的佛珠
随波尘缘
一千盏灯的永世
一个寒夜 半个白天
正午 忘记了浅草的悲怆
一杯栗色咖啡笑了
戏子旋转诱人的酒窝
这世上情人无情 黄金有义

你说我的诗意飞湍

哈哈 三更入睡五更点赞

仁波切在武侯祠入定

你绝望于玄色天空

心上生心 做了花海的隐士

我看到鬟女熏香 盲人抚琴

悬崖下的血涌上心头

上游的苦难流泻

到血管的支流干流

东京老刘

死于最后一蠹经幢

得道于黑暗的庄严……

我雪夜奔不了的梁山

为什么没下雪也叫雪夜
一杯沧州白就涌上了头
一地白玫瑰 碎月光
蹄声哒哒 冒着热气
铁扎枪挑起闷葫芦
我的斗篷一袭乌云

前世的草料场火光冲天
黑毛风吹灭充血的眼睛
陆虞侯是我形而上的兄弟
高太尉是我革命路上的贵人
可怜娘子挂在乌鸦的枯枝
我又不是气贯长虹的林冲

八百里水泊容不得一叶归舟
千年荏苒换得半世尘土浮名
我依然骑着那匹跛腿的白马
在自己衰弱的心脏占山为王
君子搭舞台小人唱傩戏
我雪夜的梁山无迹可寻

场面

情场失意
我遁入道场
但教门 岂容我辈
随喜出入
男盗女娼的君子
知书达理的悍妇
敲打木鱼的人
恶贯满盈

上苍 曰
金水镏佛
银河沐浴
减你 胴体之罪
心中嗔痴
我窃喜
天下唯有我
深谙此道

千山敬香
万寺膜拜
雪顶晒佛
我抬头远眺
云顶的藏獒
哥哥抱起的私生子
从羊卓雍措
缓缓踱来……

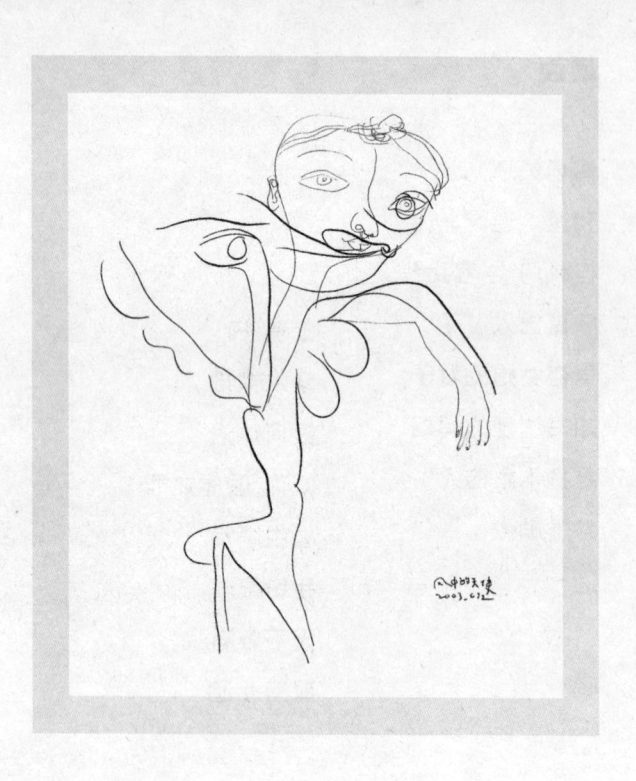

我从
这个世界
经过

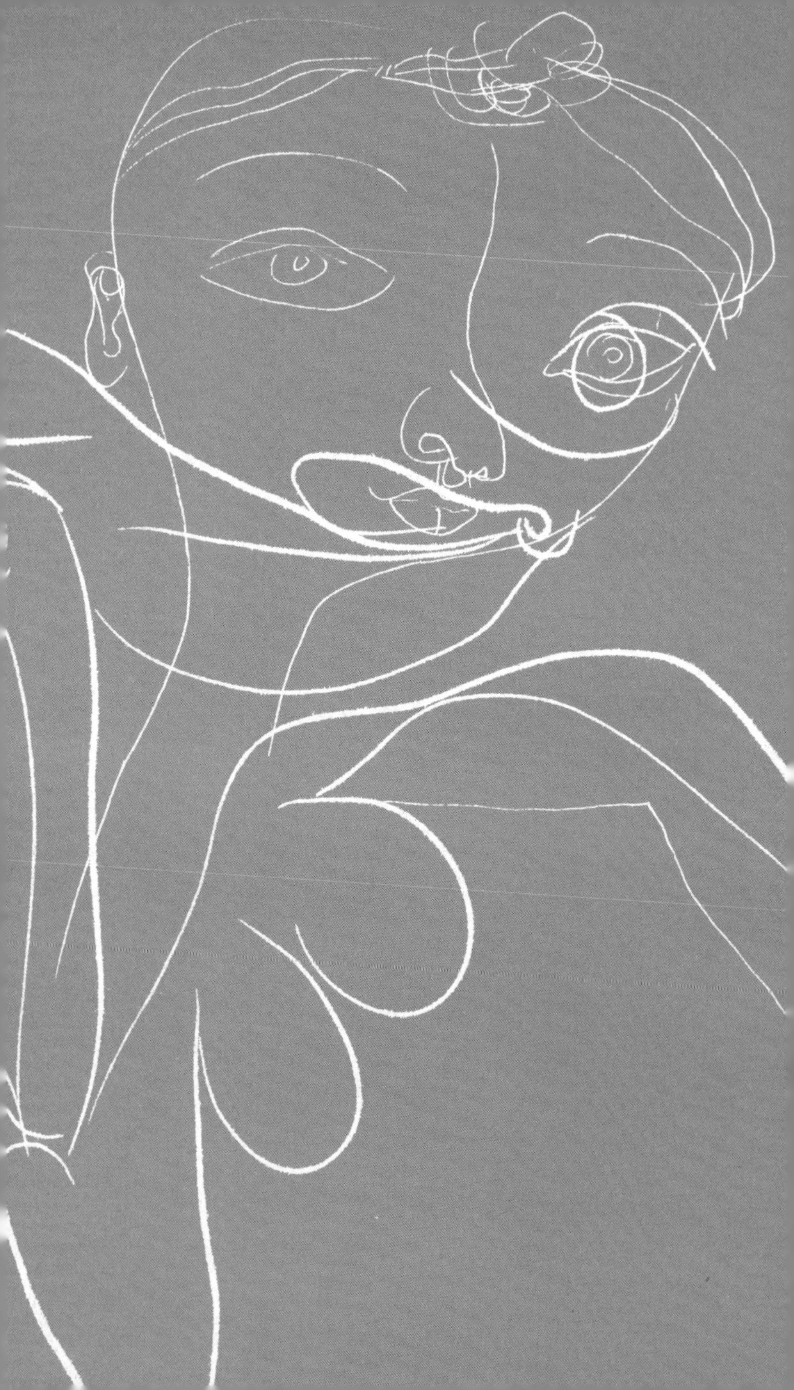

水煮三国

一

这一宿
脑子里 都是曹操
喊 头疼

我起夜
关窗
生怕风疾

早上 熬药
一舀黄河水
二两黄酒
遍遍默念
罂粟三钱

二

男生男
女生女

妈妈生了
五个闺女

爸爸生我时
高喊

生子
当如孙仲谋

三

我姥爷姓刘

皇叔的小同乡

双手过膝

双耳耷肩

族谱记载

"汉末至今 织席贩履"

有关愤怒的葡萄

摘光 架上的葡萄
发觉 枝叶很美

此时 甜 堆积体内
我的血糖升高

一杯杯滚烫的颂歌
令我的喉咙疼痛

辨认医生潦草的药笺
患者要用十年

从累累硕果到破碎
魔瓶 闪耀琥珀光

葡萄愤怒了
病毒 感染沉重的秋天

学堂

墙壁贴满遗照
先生的余光
抚摸我瘦弱的肩膀
苦竹绕宅
宣纸点点淡墨

左侧是党校
右手颐和园
我在山水缝合处
读神圣与宁静
声声喟叹

道德文章 不绝于耳
山峦 独耸
流水兀自流
我听浩浩长风
翻开发黄的书页

楼阁 暖食玉馔
希腊 落英缤纷
可饮一杯无
赵老师一声咳嗽
天色 顿时暗了下来……

不朽

一眨眼 我老了
许多神秘的事儿
还未看透
天色已暗淡
黑夜拄着杖
蹒跚而至……

但我是个绅士
手留玫瑰的余香
向烛光致歉
我挽着霓虹华服
穿越时光晚宴
竖琴响起 泪湿胸襟

我坐在藤椅上
双膝铺盖 苏格兰羊毯
一杯麦芽酒
一山草木 无边风月
随这支三丁
灰飞烟灭

痴

说好了
子夜初雪
却推迟到
黎明
我身披
暖和的白羽毛
站在
十字街头
等乌鸦
给雪色点睛

                一个个熟人
                笨拙地摔跤
                堆积的雪景
                一脸冷漠
                记得他们
                再也没能
                爬起来
                直到来年
                融化成了
                一泓春水……

神祇

山 若无草色
一定是神山
智慧的佛陀
一次剃度
凡人的头颅
还能长出蒿草
神则不然
他坐在山巅
不动声色
小鸟儿来朝
老狐仙来拜
他慷慨地送出
一块块玩石
暗喻芸芸众生
这是救赎的信物
从来不会说
灵验还是不灵……

铁鞋

我一次次炫燿
BERLUTI的皮鞋
刻画的那一封
维克多·雨果
九三年的情书
浪漫到了丑陋
今天下午四点
在裴多菲桥
愤怒地踢入了
蓝色的多瑙河

两只皮篷的船
救赎苦难的生灵
心爱的孩子
忧郁的眼睛
水里 子弹发芽
渡口 一地鲜花
巧克力 淹没了
生锈的芭比娃娃
彼岸 灯火妖娆
议会和总统府
唱起沉重的圣歌
我颤抖地穿上
41码的铁鞋
却永世不能行走……

我们是动物

这世上
不只你一人
与梅花对话
感动枯枝
春江水暖
鸭子动情
重要的是
蝼蚁复活
灰雀叽喳
我是猪
乘着春风
特立独行
我是母马
怀着小骏马
四季
水草丰腴
唯有爱情
不是粮食
我们是动物
芸芸众生……

杂想

你禁酒我就吮奶
乳房硕大如山丘
我每次匆匆掠过
以为是皇上的坟

碎花桌布上的静物
摆放一盆心灵鸡汤
我宁愿喝白开水
晚上慢慢喝黑咖啡

老子是苦涩中药
平衡人间的阴阳
书卷里梦蝶的庄周
面带世俗纷繁乱象

江湖藏起巨大祸心
眼睛里分叉的蛇芯
火苗孱弱月色木讷
我好一把口蜜腹剑

你不让我爱我就恨
你不让恨我就无聊
两只草虫正在交配
我讴歌可泣的爱情

自恋

兰花指 不是梅枝
积雪不是初雪
是我兔唇
白色的绒毛

我对窗画眉
惊飞雌鸟
谁知道
羽毛的性别

一个男子
做了荡妇的梦
我怀了身孕
一直不敢相信

过巨蛋

大会堂身后
一条街细如脖颈
安魂的雪
还未融化成冰
我数着树枝上
点缀天空的星星
浮华圣诞夜
闪透玻璃眼
金发的理查德
琴键上独舞
我看这只巨蛋
睿智的秃头
究竟有多大雅量
盛得下道貌岸然
音乐的禽兽……

一只鸟儿眼含春潮

会有一对比翼鸟
飞回春天
愈合
传说中的伤口

春水映柳
酒色红墙
空笼子
幸福的叽喳

嗡嗡的昆虫
不懂鸟语
灵性的羽毛
落地春泥

想一想
谁有上天的造化
蝴蝶扇动
纸糊的翅膀

算一算秋天的账

一场雨

噼里啪啦

打光 一树秋枣

我隔着玻璃 　　　　　长生殿
梳理荒发 　　　　　　红袖 招摇
根茎 黑霉的味道 　　　闺房泪 胭脂痕

阅东山之雾

览西山衰阳

心与躯干 怅惘

给白鸟点睛

喂老马夜草

染黄 野菊花

算一算 秋天的账

命和运

最后一张清单

在谁的手上

我从
这个世界
经过

放空

鹤走天空
我坐在十月份
青色的台阶
前面是寒窑
身后是贫寺

颂经朗朗
放空 书香
小楷如扫帚
扫着宣纸
揭开竹帘
放空氤氲

放空
胃的浊气
肾的软弱
心的坚硬
只剩下一副
梵音肉体

放空 是一种
宗教仪式
陌生人栖枝
扇动羽翼
我挥一挥手
古树干干净净
终于放空了
尘世的喧嚣……

回城

江边喝早茶
点了一只
人肉叉烧包
你乐呵呵
牵来白天鹅

广州的楼
耸立的铅字
活字印刷天空
我流连沙面
灰鸽子盘旋

街道的尘
袅袅炊烟
多繁华的城市
也是乡村
我想北京

唯有首都吉祥
皇宫的背后
平民的小吃
豆汁 酸咖啡
我大吐苦水

今天 风沙大
飞机延误
火车晚点
断了线的风筝
落到了天安门……

困局

薄酒
是往水里掺酒
还是酒里兑水
我碰杯的对象
是江小白

租来的脏房子
裹着厚被褥
剥落岁月
故乡的美人
做了保姆

一类人 进不了城
住在剃刀边缘
夜晚的甬道
歌唱的地铁
赶上下雪 漏雨
问一声妹妹 冷不冷

因为冬天烤火
亲人将被放逐
最拥挤的时间
妻子分娩的床上
孤儿到来的街口
遥遥相望

我是伊甸园
油腻的更夫
吃饱穿暖
还能看到主人
轰轰烈烈的爱情
我从来不想
冬天之后的春暖
衣衫褴褛的家乡
哭出的笑声……

吃饭

生和死
隔着一顿饭
我来到世上
遇见熟人
打个招呼
早餐"吃了吗"

吃书本喝墨水
把西方和东方
兑一杯甜酒
就着动物的器官
用刀子
割良心

白天吃男人
深夜吃女人
贵族举起金樽
喝薄情的月色
我满怀热血
嚼历史的舌根……

距离

和岳母家

隔着一江水

去妈妈家

翻过大青山

距离感

让幸福油然而生

公司到家

从零环到六环

我在破车里

穿越半个清朝

车站到车站

会走一生

老父亲

离开的时候

我躲在夜空哭泣

每颗星星

都是滚烫的泪滴……

闲

秋色

长出霉迹

灰烬

冷似鱼鳞

剩茶 养花

清水 浇菜

遛狗

遛闲话

闲出鸟飞

倦如云霞

女子

给黄瓜刷漆

邻居

编篱笆

我盼

出走的时光 回家

人世寡情

秋菊淡开……

春天的举报者

大名 鼎鼎
因为吼吼
被午睡的邻居
举报
两条苏牧
流浪到北京
子舟的园林
嗅 孤独
啃 果树
这平添了我
几多思恋……

有些人
对宠物不满
自恋且自虐
我深深理解
有些人
不满春天
抱怨温暖
山花烂漫
这就是人类
动物没有语言

霞浦滩涂记

过霞浦
渔船午休
虾笼
吹吹海风
我看不到
摆客
渡客
潮汐的涂抹
日月盈亏

淤泥里
留个鬼脸
不虚此行
隐隐桂花香
夹竹桃
一树祸心
我撒了一泡热尿
船儿
误以为春潮涌动……

可饮一杯无

与春天碰杯时
震裂了冰面
燕子从河里飞出
挂满天空
桃花坞粉腮
杏儿渡横舟
爱人擦拭
铜镜的愁容

一杯老酒
映照泪眼
残羹冷梦
驿馆住着多情的过客
了却炭火
辟邪剑 修着柳叶眉
我欲望中烧
盼 春闺

万圣节

既然万圣 群魔
都在今晚显灵
我就稍微打扮
演一个谦谦君子

女儿戴上小尖帽
诡异地看着我
妻子打着南瓜灯
去狂欢的老街上

我以为太平盛世
发一个大红包
就不会被鬼神侵扰
错了 真的错了……

我被蝙蝠的利爪抓了一次
我被幽灵的白布罩住二次
我被血腥的奶油抹了三次
我被烂醉的酒瓶砸了四次

热闹的人潮鬼海
爱情被冷漠地抛弃
尝遍了世间的酸甜苦辣
我和魔鬼一起回家

我从
这个世界
经过

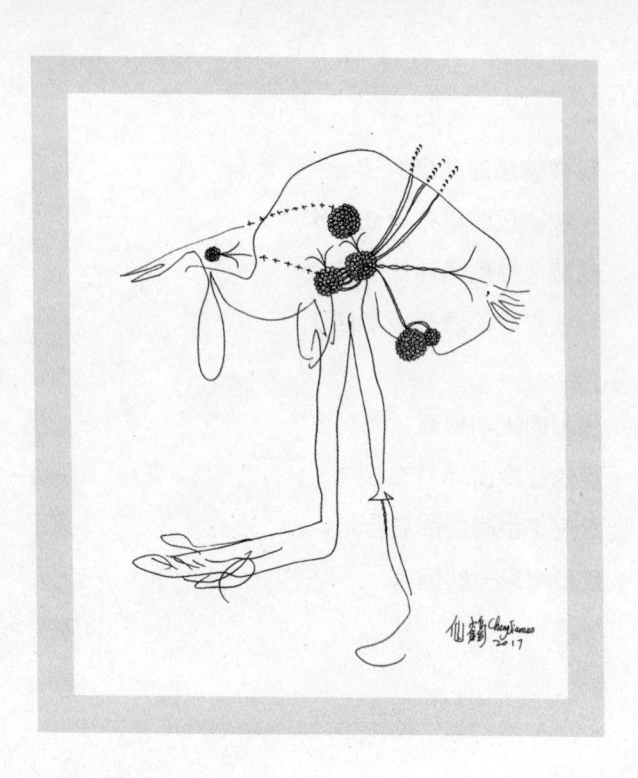

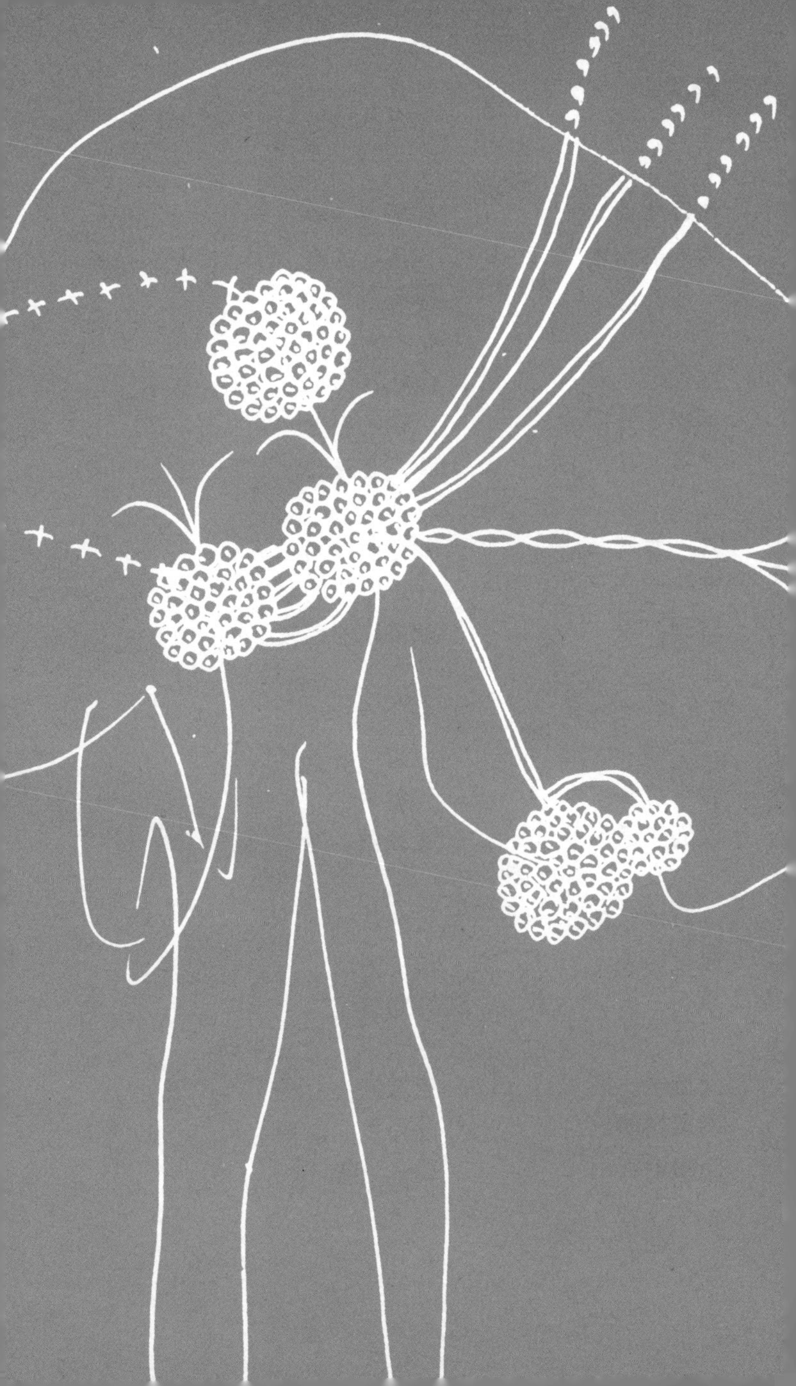

爱人

1
我每一块
骨质的积木
搭起危楼

坐在
烟囱的底部
抽着雪茄

我不喜欢 窗户
推开明天
就想流泪

2
爱丁堡
爱字打头
爱情的道场

几万里以外
教堂的尖
直刺白云

我握着一把
明晃晃的匕首
暗暗地刻心

3
我本是净寺
扫落叶的僧
唱南屏晚钟

自从遇见你
燃烧的眼神
在灯芯 分岔

我会误以为
一个颠仆的浪子
皈依你的宗教

4
挽起纤纤玉手
飞霞中
看黄昏倦鸟

爱的草窠
枝头的家
开始 落红

无情物
是今生的信物
请送给我

5
记得天使
吻我时
是一场围观的吻戏

演员哂笑
僵硬的表情
像患了抑郁症

一支箭
射入我的胴体
石头开花

6
江北江南
四月的雨巷
谁是撑油纸伞的人

轻歌曼舞
拥我入眠
我太疲惫了

想起不堪的初恋
因为疼痛
我后悔曾经

7
相遇太早
相见恨晚
都是命

你永远不是
婚姻的新娘
但是我一生的爱人

无奈的春天
狭路相逢
那座摇头的独木桥

8
去出生的地方
探望你
千山万水

无论如何
叩打 城门
就是过不了昭关

一夜白头
我不知是残雪
还是今生的愁……

汤药

光 一点点
自沙漏流下
呈金粉状

文火 慢吞吞
隔着泪水
煎一剂草药

我仔细寻找
一只
小小的玉碗

天 知道
有多少苦
才能酿出一滴蜜

我青岛的兄弟胖了

啤酒的骚味
大街上弥漫
白云苍狗
细腻的泡沫
我一饮而尽
心 在天堂跳

三角帆
三角梅
绽放于波浪
我闻香识女人
道士
躺在崂山的枕上

七彩霓虹
岸边歌唱
声音击碎 初上的华灯
浅夜未央
衰老而庸俗的房客
打开 咒语之窗

我们躲入沙器
工子的城堡
舞动欲望的火光
月亮的废墟里
看到我青岛的兄弟胖了
胖如海洋……

换帖

春午坡上 换帖

无非是张旭的狂草

换怀素的草书

颜真卿与米芾

春日野风里拱手

苏东坡 邀 唐伯虎

水中 喝一壶 薄月

碑林的字 随便 拓

情如蜡纸 胸无点墨……

康熙龙飞 飞龙

力透纸背的慈禧

赐我的红福字

伯远帖 换 快雪时晴帖

严嵩向秦桧 请安

蔡京挽着康有为

六朝人物晚唐诗

先生们 衣冠楚楚

不如我桃园结义的兄弟……

元宵

如果 玉碗里
滚动的骰子
摇成元宵
黑色红色的数点
揉搓成
黑芝麻
红玫瑰

我会为一口甜蜜
赌上薄命
为此 在朗月下起誓
永远放弃错爱
回到沸腾的锅里
煮熟自己……

过往

一 午

我捏响
知了
浓荫里
蹴缩着一条狗

隔着窗纱
我偷窥你
白皙的妹子
裸露的胳膊

那些年
她是我
活在人间
唯一的情色

二 黑子

天主教堂的墙上
一则告示

十八岁的黑子
在旱冰场
为一个
不相识的女孩儿
用刮刀
结果了
另一个无辜的黑子

他黑得
在煤堆里
找不到
燃烧后
也找不到灰

三 蕙的信

小蕙
嫁人的当天

我的戒指
丢了

我反复
念念叨叨

她是我
命里的珠宝

她是我
身外的黄金

四 严打

第一次严打
我住的清真寺街

一个哥
埋在南沟头

另一个发小
给流浪团伙 看车子

被地方法院
判了十八年

我因为发育晚
躲开了这场灾难

破镜

镜子不破碎 何谈重圆
那就阅尽一张苍白的脸
秃毛的眉笔 描啊描
我认识的蓝眼影 红眼影
要么信佛 要么从了良
唯有这面一世的老镜子
饱含深情地看着我……

散场

弦子上
遇到音符
雨露
碰碎泪珠
月光
熨烫丝绸
怒放
燃尽花朵

从家里
走不出来
从心里
走不出来
从生死
走不出来的人

终究在戏里
散场……

爱过之后

爱过了

灵魂还给肉体

肉体还给草地

草地归于寂静

寂静的月晕

月色的虫鸣

轻轻剥开

落叶的衣裳

美女胴体

在大庭广众之下

祭 秋风

秋风 撩起

全人类的情欲

伟大的性欲

是呈献给

爱情的投名状

画虎

我把虎纹
画在身上
当然
披着森林

亲爱的
我真不知
老虎
肚子里
睡觉的女人
是你

那时
我因饥饿
囫囵吞枣
不像今天
对秀色
细嚼慢咽……

回头

针尖拨亮菜籽油的灯
我如此神经质地回头
是一场天灾人祸之后
眼睛失去应有的明亮
缺衣少粮和凭票供应
青春期一点也不美好
夜夜笙歌的孔雀公主
死于轰动春宵的梦遗
她羽翎四散楚楚可怜
今夜想起来羞愧万分

错觉

一个老人
用树枝
在地上写字
远看
一片片叶子
一晌午
写成一棵
茂密的苦楝树
枝头
落满了
飞不走的乌鸦

我从
这个世界
经过

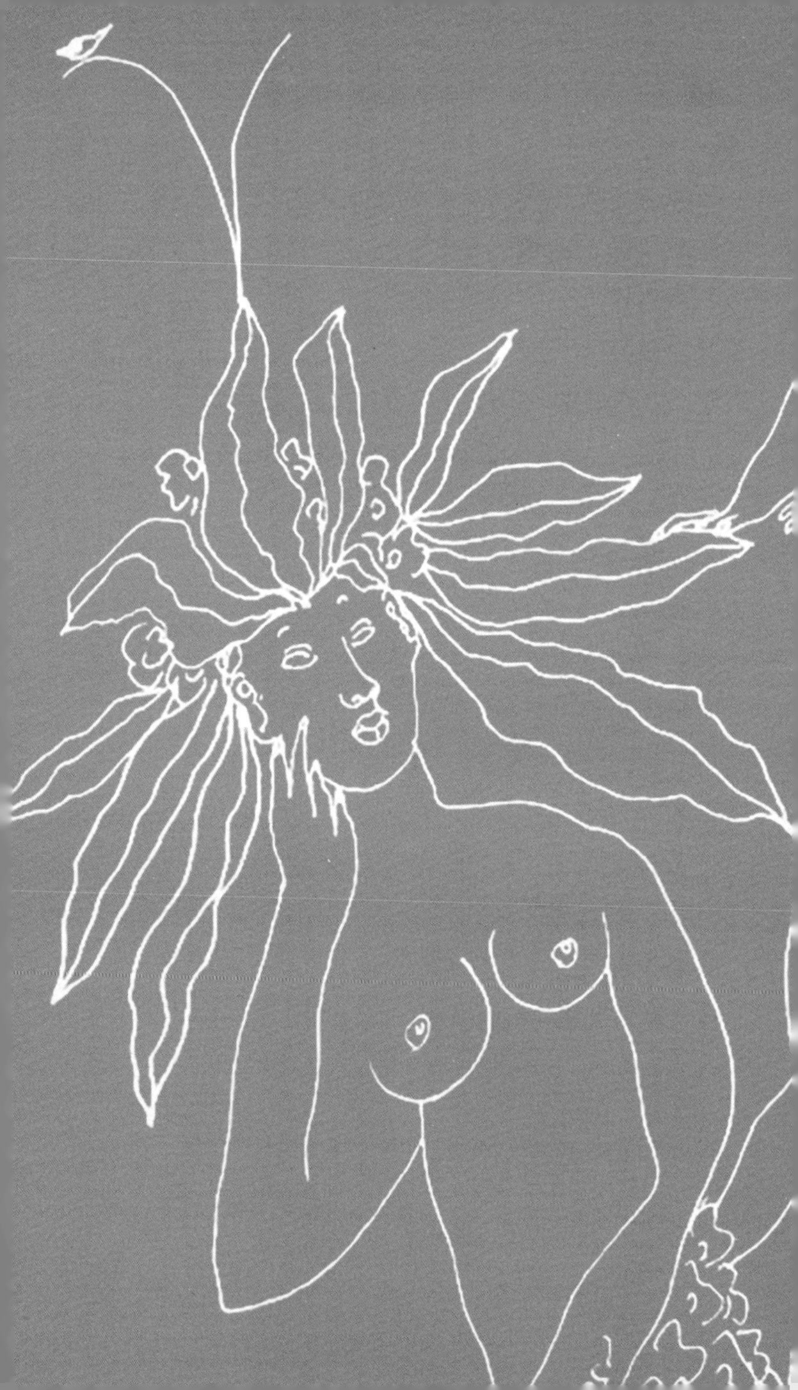

修

不可能
一塘浊水 一朵莲
我修孤独
是为并蒂
是鱼戏荷叶东

蛙声一片
夏日饮绿
醉醺醺
不是 争渡
而是归

归途
一片浓荫
一点一滴 融化
枯藤在等
一只青春飞到老树的昏鸦

我的师父

刚上班时
学会计
师父的兰花指
织毛衣
他耐心地教我
一九八九年
我辞职去了深圳

上周末
我送别亲戚
在殡仪馆
巧遇师父
黑白的照片
哀乐 回荡
算盘珠的声音

我三鞠躬
流下
三十年后的热泪
唉
那边很冷
他老人家
也许暖和……

夜市卖花的小姑娘

夜色氤氲
她怯怯地叫
叔叔
稚嫩的小手
春风里颤抖
这些天
总遇到一个
干净的孩子

当我看到
一枝玫瑰
凄美的眼神
心碎 花碎
送给谁
她都是
空气里的香魂

恩施土司楼

我是土家人

在风雨桥

艳遇了

一米五的奇女子

公主说 私奔

何处云雨呢

家庙

王庙 土司庙

坐满 禁欲的神

翠竹林

竹叶蛇

芭蕉叶

枯叶蝶

九层的宫殿

养着凶煞的白虎

土司爷

藏着十二娇娘

我只能委身船篷

点一个炭盆

大胆 相拥

暴露的肉体

插遍羽毛

她晓得

桃花溪的源头

我晓得

桃花箭的疼痛

朋友

1
我一个朋友
姓鲁
鲁莽的鲁

早些年
学医
医治国家

他独爱版画
铮亮的刀子
在木头上
刻出了血

2
两地书
写北京的早春
写绍兴的二月

一个女人
独守空房
一间空房
独守女人

西域美食

整个西部 以羊招待食客
声称她吃虫草 喝冷泉
酒酣耳热 月亮上城头
唱 我要做一只小羊
唉 王洛宾这厮
一生 挨了多少次鞭子……

坟里出土了文物
掐丝碗 面条 绸缎 骨头
专家 也说不清楚
到底是人骨 是兽骨

别墅

盖不起大的
盖个小的
小到火柴盒般

火柴盒里
整整齐齐躺着
一排排 红色的头颅

再来一斗

现在讨论
肺是黑是白
为时已晚
混浊的空气
把尼古丁
变为春药

绿叶与枯叶
如出一辙
我点燃荒发
头颅生紫烟
飞流三千尺
灵魂的深潭

烟霞醉人
再来一斗
褐色的食粮
灵肉灰烬
人生苦短
爱情太长……

天注定

不要惊扰
枕上合法的爱人
以右眼 为左耳
喃喃低语

含泪 啜饮
温润的音乐
无辜者 局外春眠
窠 怀揣候鸟

天注定
蚕 相遇枝蔓
花穗抽丝 破茧成蝶
向死而生

梦里迷情
不知身是客
青青草尖上
滚动幸福的露珠

太太

我是个
气定神闲的丫头
一直在你
优雅的身后
抱着白猫

太太 抱歉了
你不知道
隐私的疼痛
我是先生
唯一的小情人

夕光 百足
徘徊 零落花园
我是你
灵魂摆渡处
一片苦海

今夜　月朗
我偷偷穿上
你的旗袍
悄悄带走了
一帘幽梦……

我遇到那么多乞丐

我知道
陶罐里的清水
箩筐里的粮食
马的草料
云中的羊
足够让我活一世

帐篷有顶
轿子有底
就缺一个好女人
因为愤怒出走
我开始挥霍
行囊里的积蓄

在路上
我遇到流浪汉
对人家不理不睬
好像自己
是一个
与众不同的乞丐

出走

我左思右想
乌鸦息怒的方式
是烧毁枯树
这是我出走的理由

一辆单车 一条狗
半双翅膀
我过了黄河长江
在外省的界碑
露宿月亮

对不起荒草
对不起秋天

     此刻
     我在慢的苍山
     因温存而流浪
     因破碎而眷恋

     家乡可好
     母亲无恙

我从
这个世界
经过

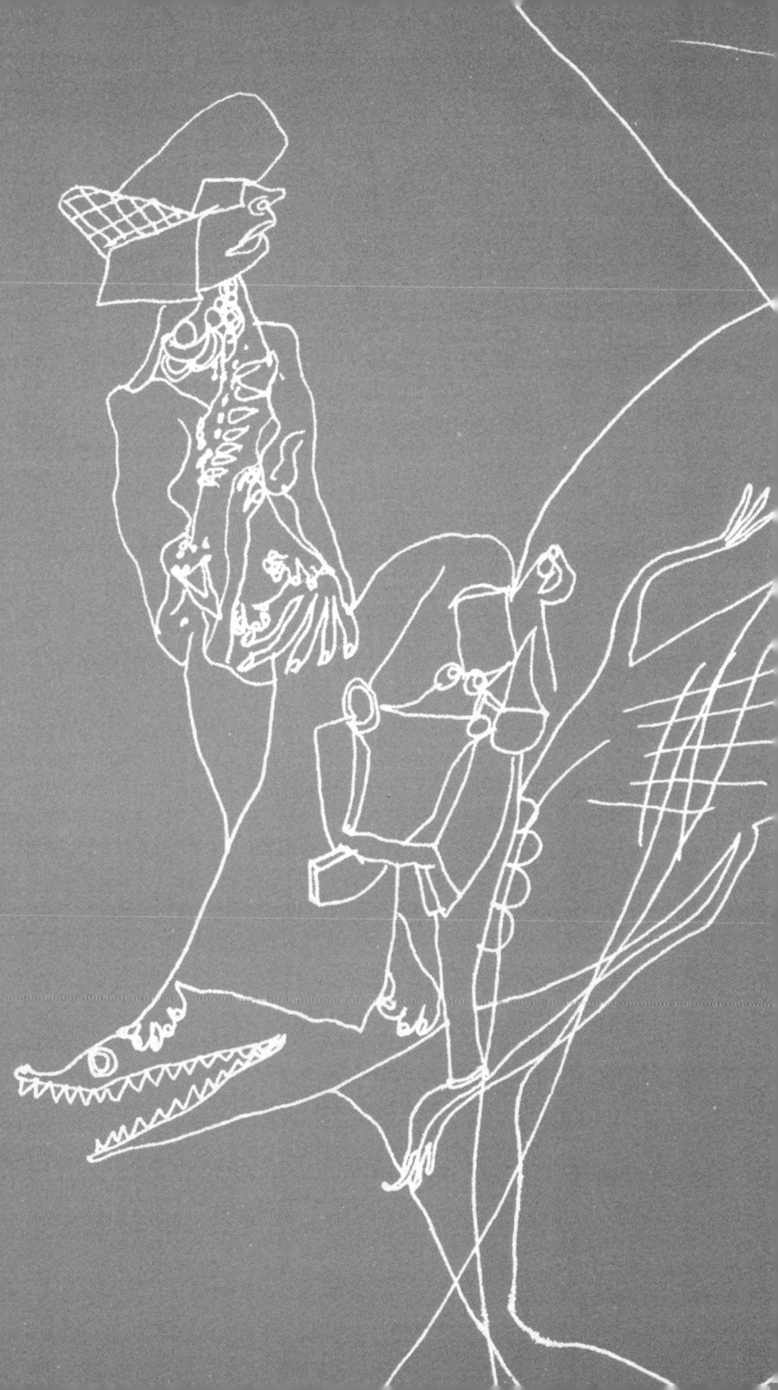

一个人的草原

这憨小子

打小 跟土拨鼠

玩

长大后

和雪豹玩

今天

在喇嘛庙

他和巴音郭楞的女儿

拍婚照

冷不丁

叫了我一声

"爸"

我摸了摸

顺风耳

噢

蒙语的吉祥

仔细又看

他与我

一模一样

相貌堂堂

既然都是

红脸汉子

我就认下

好儿子

财礼是牛羊成群

黄金落日

美酒佳肴

河流和雪山

我让乾隆

和渥巴锡

说一声

土尔扈特部

是你

一个人的草原

你结完婚

带着媳妇

和蒙族妈妈

一起骑马

跨过天山雪

回归北京

爸爸的家

好吗

情人节

你不停地
嗑葵花瓜子
我手捧
一把皮屑

口渴了
倒上一杯
白开水
咕咕地喝

你沉吟
半晌
说起
年龄若大了

爱是
一枝干花
不绽放
也不凋零

猎

我真想
会一会你
在围场
一个人
围一次狴

我知道
不是吃掉孤独
就是被独狼
吃掉
这是命

我胯下暮日
靴底繁星
苍空如血
秋雨如烟
我赤手空拳来了

你在月下
舔食我的白骨
我背回了
你嶙峋的影子
饥饿的嘶吼

我们彼此猎杀
相约死亡
我头颅落下一只鹰隼
你不高兴地说
让鸟儿飞走……

体香

一袭红衣寂寞开花
火焰在黑暗里结果
我沐浴后独坐幽篁
苦等你千年来敲门
卑微的心哼唱春水
鸟儿呜咽感动卵巢

爱人呵 你手起刀落
冷冷笑对我项上人头
沉甸甸的月亮滚下
我扑向轻盈的天空
在灵魂出窍的一瞬
嗅到了琴瑟的体香……

太冷

妹妹 就是在四年前
最冷的一天
不慎走失了

我今天 特意回家乡
嘱咐 老姐姐们
天寒地冻
千万不要出门

打电话 求大唐
暖气烧热点
坐在爸爸的沙发上
陪九十岁的亲娘
看四郎探母

大姐沏上茉莉花茶
二姐择菜洗菜
三姐擦亮铜锅
四姐摆上碗筷
吃涮羊肉好吗

去清真寺街
请阿訇念一段平安经
我是娘肠子里
爬出的唯一男孩儿
放心 我不怕冷……

托木尔峡谷

岂止
人杀人
还有
山砍山

托木尔峡谷
天山上
一道道
血色的疤痕

刀

这把唐刀
砍过
无数颗头颅
从开元盛世
一直无情杀戮

死亡的历史
一页页沾满
欢乐的鲜血
引刀为一快
茫茫苍生

老父亲说
一杯温酒下肚
骸骨不冷
他是屠夫
专心宰牲牛羊

青春葬身
理想的坟
大地 熠熠繁星
心 早被挖空了
天空一样的空……

幸会

雨田 老兄长
给岁月编了
一条花白辫子
用藏刀刻了
一张沧桑的脸
黄沙揉眼
独饮泪泉

雨田 老兄长
他的朋友
是骆驼 母狼 野驴
尼采 三毛 玛瑞娜
他不知道
哪一位是人
哪一段路有爱

雨田 老兄长

喝醉了酒

裸露灰色的骨头

紫色的胸膛

黑色的心脏

红色的笑容

白色的灵魂……

雨田 老兄长

一个把自己从天堂

偷回来了的人

一个给地狱

打了借条的人

终究会把肉体

还给人间

土墙

在龟兹
有两堵土墙

一面是清的
一面是唐的
我用洛阳铲
与陌生人 比划

好像 筑墙时
我是一堆三合土
好像 石头变沙子时
我在场……

微信六章

一 头像

我是选

我面容

狰狞部分

还是

善良部分

我是把

我的幸福

还是焦虑

挂上

羊头

最终

我的裸体

让天下

大白

二 朋友圈

是你们强加

朋友二字

如果 世界的鲜花

是女人的龇牙

那么 你们

该用

食指 还是

中指 点赞

三 扫码

受

扫把星启示

么么哒

那黑色的方块

虚实结合

像一纸告示

我通过你

你加载我

都是一场电竞

四 拉黑

欠账的人

拉黑债主

被抛弃者

拉黑爱情

当官的拉黑

士兵

这都不是

仇恨

父亲拉黑儿子

丈夫拉黑妻子

生者拉黑死者

妈妈拉黑了我……

五 支付码

每天
限额 说话

我们支付
良心

以最后一滴血
计算

六 封

我检讨

因为气候变了
被封号

因为风霜雨雪
被封路

因为个人原因
尘封大地

一瞬间的怪念头
1997.CJZ

我从
这个世界
经过

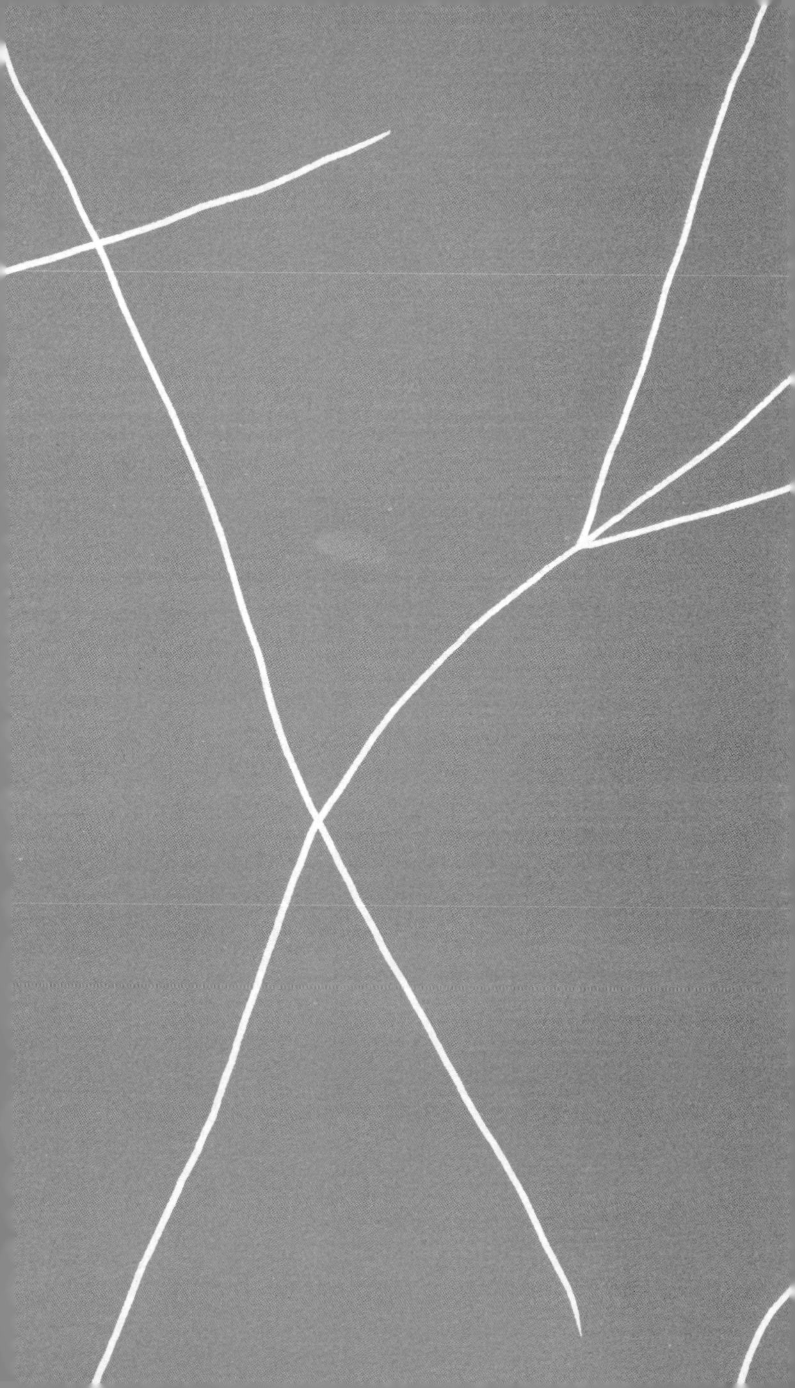

无题

走路时

绕过路口的灰

河灯

且当 映日荷花

不要把悲情

传染孩子

淡淡地讲

生死相依

祭月

用十二束白菊

一年一度

荒草绿

亲人走多远

我们送多久

回头

修孤独……

造化

时间 在水里淬火
我将活成
永恒的肉身
而亲人
困于庸俗
一只青铜之手
劈山救母

一指禅定江湖
尘既是土
我无从辩认
菩提
是种子是果实
经字
是星斗是蝼蚁

荷花煮茶
莲叶性苦
我堕落于心霾
好色成瘾
爱酒如命
我大开八戒
酒里泡兽骨

神灵呵神灵
逸言 媚骨是我
黑暗的投名状
我本死无葬身之地
骨头怕火
柴草的不经意
我却化成了一颗舍利

六朝记

潘安貌美

肤柔骨脆

左思 红浥鲛绡

恺之 妙笔

点睛 维摩诘

在世入世

中国菩萨 傅弘

辩才无病

竹林 七个男人

袒胸露乳

广陵散

五石散

春色 祭酒

五柳 折腰

采菊东篱

王爷文人 义庆

刘勰 梦见孔子

鹅池洗笔

兰亭集序

冷落长河

富人斗富　　　　　胭脂井

穷人斗穷　　　　　香艳事

王导醉心　　　　　娈童 面首

祖逖中流　　　　　宠姬戏

谢安 东山携妓　　　六朝是历史脸上

悲情符坚　　　　　一颗美人痣

战船 投鞭　　　　　我痴癖地以为

淝水养人　　　　　是一滴眼泪

雨霖铃　　　　　　公主的丝帕

江南四百八十寺　　一一擦拭……

如果

如果温榆河两岸的村庄消失了
最好是迁徙落日余晖下的墓园
隔着春天一万亩盛开的油菜花
我眺望远方的亲人给爱人送行
蜜蜂抖动薄纱羽翼透明的嫁衣
蝴蝶的鬼魂从今生飞回了来世
杨树流泪的眼里一匹白驹过隙
声声破碎的鸟鸣穿透寂寞心底
一条路踩着斑驳旧日向我招手
舌叶草绣在花的旗袍娓娓道来
今年的暖风吹拂去年蓬蓬苇蒿
树影躬躬青草跪拜野渡舟自横
我把灰色忧郁画成默默的深蓝
花瓣儿是从悲伤里逃脱的芬芳

过草地

高贵的白骨
装进了灵塔

经幡有气无力
摇起空想的旗帜

我在九曲黄河
啜饮忘川之水

牛羊 舔血
阴影 镌刻日晷之上

过了草地
我遇到一只诡异的狗

面带人类
读不懂的笑容……

信

我深信
每一块石头里
坐着一个神
他静观
多事之秋

我拿起錾子
想把神灵
请出来
又担心
神变成了人

局

约一个饭局
惊扰了动物
鹳鸟 登阁楼
猫 卧波斯毯
小杜宾 怏怏不乐

象牙筷箸
是非洲大象
轰然倒塌之后
置于银盘
兽骨泡酒 朋友无罪

窗外 霜降枫叶
流水已腐 万山生锈
我取出一副扑克
深切怀念
五十四张亡灵……

广州夜宴

1
喜欢乳鸽
喜欢烧鹅
不会是好兄弟

你妒忌飞翔
他仇恨游泳
我甘愿出走

行者
在异乡的餐桌
被家乡人吃

2
早茶 遇见了
南越的遗老
煎 春天的绿草
煮 秋天的树叶
一杯又一杯
昨夜的泪水
浸泡
我欢喜的胃

3
和平年代的英雄
是脖子粗的厨师
美食家的大脑袋
塞满了野蛮生长

他们有本领吃掉
火车 飞机 轮船
我就有本事饲养
火箭 坦克 潜艇

4
且把 小蛮腰
当一个轻浪的女人
酽酽的夜色
一件一件换衣服

春风沉迷的羊城
醉眼蒙胧的渡客
我拜倒石榴裙下
读一声阿弥陀佛

5
二十年在河东
三十年在河西
我在珠江三角洲
吃一碗牛腩面

水上飘荡的破船
剪不断理还乱的网
肮脏的广州
摇摇晃晃的桥

6
高第街
一条牛仔四个裤腿
太阳镜贴上标签
我身穿娇衫招摇过市

上下九
欲望的暗号
正值黄色青春
邓丽君是意淫女神

7
坐47次来
乘46次归
火车上挤满了
北中国的人渣

站了一千公里
饿了二千公里
为纪念横渡长江
我流淌的一行少年泪

8
出门向南
钱 缝在裤衩里
妈妈手掌合十
为儿子求平安

掉头往北
心 孤悬在半空
我竟然在坏人堆里
偷偷摸摸写情诗……

大隐

一盆花
是田园
关窗
归隐

家家户户
古刹相连
城市
住满了神仙

异客

天色灰是我眼球灰

皮肤灰衣服当然灰

灰头土脸的日子

灰不溜秋地活着

我灰溜溜地逃跑

线路是灰色计划

女人身穿富贵灰

一次性地安慰我

她生了孩子叫小灰

我灰暗而温暖的心

流下灰色的泪水……

我从
这个世界
经过

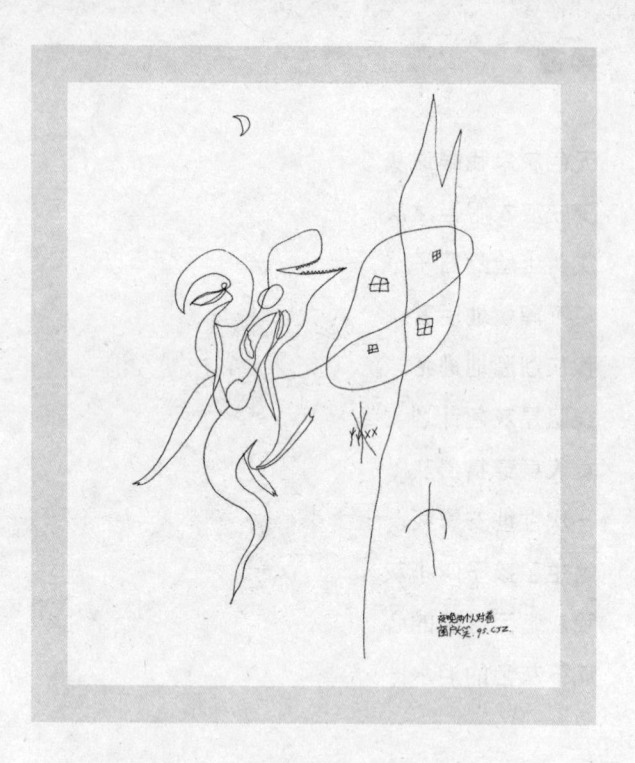

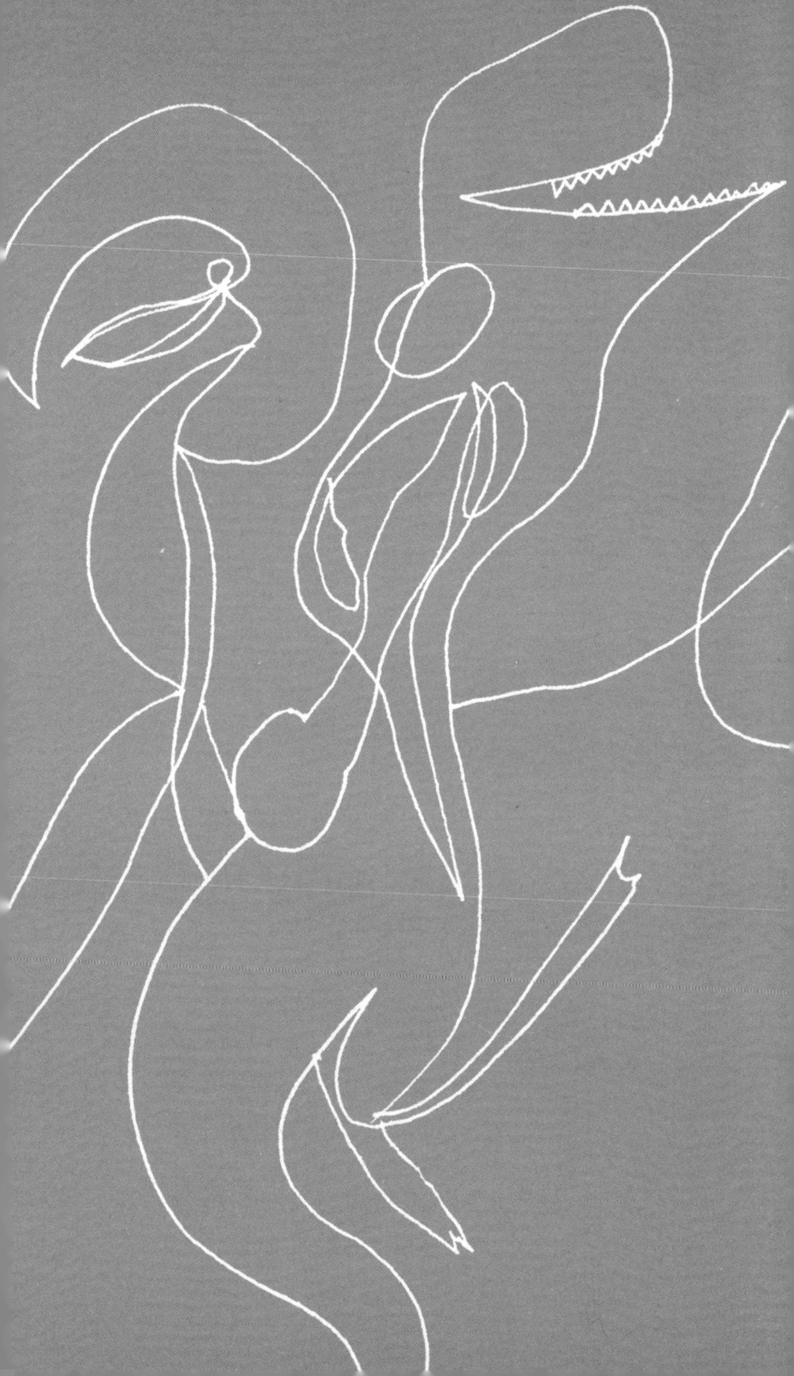

礼物

领导
脱发很严重

我送他
一顶礼帽

他说
现在不合适

等退休了
戴不戴无所谓……

儿子的生日

你是被春风吹来的种子
黎明 遇上了一场好雨
你的阡陌繁花盛开

儿子 你让我认识尘世
比如落红春泥
比如浮云归处
比如你的小仙女妹妹
比如我和你的孤独
站成了旷野里的两棵树

无题

我身上
一朵梅花胎记
令我的女人
惊讶不已

有时感觉
梅花是伤痕
烙在肉体
一缕缕暗香幽浮

料峭春风里
纠葛在一起的枝蔓
清冷的呻吟
孤绝的疼痛

从二月到四月
梅花吐蕊
我流泪 吟诵
花开花谢飞满天

亲爱的 这一生
你亲历了我
内心的梅花
盛开到零落的过程……

相见

去会老情人
一定要洗脸
她说
我有秋天的倦容

她曾身轻如燕
栖于花枝
她果实乱颤
中年丰满

我们在一起
已分辨不清
植物或动物
人生得意须尽欢

山河冷了 岁月老了
风 吹皱天空之湖
金色的落叶
盖在往事身上取暖

从河东回到河西

车到张掖

尘世蛮荒

风马牛不相及

城头 挂着木笼

我屈死的亲兄弟

怒目圆瞪

摘下马铃 麻布裹蹄

秋后 悄悄进城

怕惊醒衙役

凶兵甲乙

贪婪的县令

轿外的青楼

推开空山

我逃亡千年

侯门深处 红颜祸水

丝绸哭泣 声如裂帛

从河东回到河西

我已被官府 画影图形……

读春

最不能
相信花
风
一吹就落

唉
不相信
春天
又奈何

开在内心
和开在体外
一样
浓

茶
可信赖
无论
冷茶 暖茶

一泡
一泡
洗着纤尘

等品尝时
又该
倒掉了……

夜墓

一 义士

三碗酒

就犯了王法

因为杀了

一只美虎

名垂千古

西门庆 知道了

他的软肋

武二郎

用软助杀了

可歌可泣的偷情人

我大肚腩

珍藏的刘伶

武大郎烧饼

潘金莲咸菜

摆上供桌

我想换

一对镔铁戒刀

开光的佛珠

无奈的忠诚

一腔的义气

二 歌妓

女字旁的支

单人旁的支

有本质区别

妓 是卖身

卖身

也是清白之身

六角亭下

南朝的白骨

通晓琴棋书画

一代代

骚客

发思古幽情

绕道苏堤

沽名钓誉

我坐在今夜

老香格里拉的阳台

冷眼旁观

绿杨深处

谁与苏小小约会

悼念

我用三分之一的时光

洗澡

穿上早晨

脱下黑夜

我一次次享受

自恋的过程

这一生

我不停地化妆

以掩饰

躯体的疾病

苍发 皱纹

象征青春

一个无为和尚

恰是娇韵的女人

你想不到

我如此难过

竟是为了

悼念一件衣裳……

无题

我光着身子去见主
你扔给我一块遮羞布
身体裹得严严实实
只留两个鼻孔出气
不让吃饭喝水生孩子
甚至不让我说谎话

经典对裸露的惩诫
是把文字关在春风里
乌鸦涂抹彩色的赞美
土地流淌着牛奶和蜜
给男人一支口红
让女人种植胡子

耳朵听到千年的声音
眼睛见到的万丈光芒
我的肉体欲望会在夏天
最后一枝玫瑰凋零时打开
我是偷情未果的哲学家
像落地的花魂一样沉思

咖啡

一个
同音字
啡
小时候
以为是
阿飞的飞

现在 广州
七十楼顶
要了一杯
暗黑
不许加
糖

色眯眯
盯住女人
旋转的酒窝
是不是
喝了
流氓咖啡

糖

看到这片泥土

我就激动了

真的很怀念

身体消瘦前

褐色的大肚腩

或许是病痛

我心生猥琐

在爱的甘蔗林

画 白色的乳罩

以尿液自嘲

曾经的情愫

吃一粒糖吧

中和一下苦难

在血糖升高时

永远地记下

最后的一次甜……

我从这个世界经过

妹妹

我在度

最短最空的长夜

我知道

这几日憔悴了我一生

冰雪的河

凫水的船

青林 飞鸟哑默

空巢

两世的缘分

妹妹

阳光洗脸

月光濯足

一团纯净的火焰

吐于你心

你在温暖的泥土

生根

我举酒

心底流泪

妹妹

从生向死是飞翔

从死到生是蜗行

你遥远到别离

故乡

我漫长到忘记

亲人

妹妹

我的亲妹妹

我想你

今生 来世

我们

经过这个世界

谢谢

一起生长了一次

图书在版编目（CIP）数据

我从这个世界经过 / 石柱著. -- 上海：上海文艺出版社，2021.2（2021.5重印）
ISBN 978-7-5321-7923-7

Ⅰ.①我… Ⅱ.①石… Ⅲ.①诗集－中国－当代
Ⅳ.①I227

中国版本图书馆CIP数据核字(2021)第033214号

出 版 人　毕　胜
责任编辑　罗　英　毛静彦
装帧设计　王　伟
插　　图　程建佐

书　　名　我从这个世界经过
著　　者　石　柱
出　　版　上海世纪出版集团　上海文艺出版社
地　　址　上海市绍兴路7号　200020
发　　行　上海文艺出版社发行中心
　　　　　上海市绍兴路50号　200020　www.ewen.co
印　　刷　上海南朝印刷有限公司
开　　本　890×1240　1/32
印　　张　13
版　　次　2021年2月第一版　2021年5月第二次印刷
书　　号　ISBN 978-7-5321-7923-7/I.6282
定　　价　88.00元

敬告读者　本书如有质量问题请联系印刷厂质量科　　电话：021-62213990